L’enchaînement

DU MÊME AUTEUR
AU CHERCHE **MIDI**

L'Homme défait, 2013

Philippe Catteau

L'enchaînement

THRILLER

cherche midi

Vous aimez les thrillers ? Inscrivez-vous à notre newsletter
pour suivre en avant-première toutes nos actualités :
www.cherche-midi.com

Couverture : Mickaël Cunha

23, rue du Cherche-Midi
75006 Paris

La vérité est du piment. Si on te la jette à la face,
tu te frottes les yeux.

Proverbe sénégalais

1

Paul ouvrit les yeux et poussa un hurlement : dans la pénombre de la case, deux grands yeux noirs le fixaient. La porte de tôles plaquées sur un châssis en palétuvier s'ébranla et Papis rentra précipitamment.

« Yacine, tu sais que tu ne dois pas réveiller Paul. »

La petite Yacine, effrayée par le cri de Paul, courut vers Papis et sauta dans ses bras.

« Fafa, pourquoi il crie comme ça ?

— Yacine, Paul a une araignée au plafond, une petite bête dans sa tête. Tu sais qu'il n'est pas comme tout le monde, lui glissa-t-il à l'oreille en sortant de la case.

— Une bête dans sa tête ? Une araignée ?

— C'est une image, ma chérie. Il a des drôles d'histoires dans sa tête, des trucs qui le rendent un peu bizarre. Il est habité par ses fantômes, par des mauvais esprits.

— Il devrait aller voir un marabout.

— Je crois qu'il lui en faudrait plus d'un ! »

Paul reprenait doucement ses esprits. Il était près de midi. Il se leva péniblement et sortit de la case en titubant. Il s'avançait vers la rive du *bolong*. L'eau, poussée par la marée montante, avait déjà englouti les parpaings de la future terrasse sur pilotis de Papis. D'un pas hasardeux, il se risqua sur le premier pilier, prit un appui incertain sur le second avant de se laisser tomber dans l'eau. Allongé sur le dos, porté par l'eau salée, il dérivait avec les flots comme un corps sans vie.

De retour sur la berge, il remonta le long de la rive pour rejoindre la hutte. Ses vêtements trempés lui collaient au corps. Devant lui, le sol ondulait dans des mouvements désordonnés au gré des courses erratiques des milliers de petits crabes qui le recouvraient. À chacun de ses pas, ils s'enfuyaient et disparaissaient dans le trou le plus proche. Il murmura, ainsi qu'il le faisait à chaque fois qu'il observait ce curieux ballet :

« Je suis comme eux, je suis un crabe qui s'est réfugié dans un trou. »

Les enfants de Papis jouaient au bord de l'eau. Il les croisa sans dire un mot mais lorsqu'il aperçut la petite Yacine, son visage s'illumina. Il passa ses doigts dans ses cheveux, tira sur sa chemise raidie par le sel et s'approcha doucement d'elle. Elle était devant lui, immobile, frêle et ravissante dans cette robe blanche, sa robe du dimanche. Il s'agenouilla.

« Oh ! ma petite Yacine, je suis désolé de t'avoir fait peur tout à l'heure. Tu sais, j'avais fait un mauvais rêve, c'est pour ça que j'ai crié. »

Elle le fixait avec ses grands yeux noirs et ne bougeait pas. Il tendit les bras vers elle, passa ses mains sous ses aisselles et la souleva. Il la serra contre lui, tourna sur lui-même en l'entraînant dans un tourbillon sans fin.

Yacine souriait maintenant. Il ferma les yeux, sa tête bascula en arrière, comme emportée par ces boucles folles, et il murmura :

« Je t'aime, je t'aime, je t'aime, mon enfant. »

Il entra dans la hutte et s'assit à la grande table, celle où Papis lui avait servi son premier repas le jour de son arrivée. Il avait parcouru presque la moitié de l'Afrique en quelques semaines avant d'échouer ici. L'impression d'être au bout du monde et l'absence de questions sur son passé ou ses projets l'avaient convaincu de s'y installer définitivement. Et puis il y avait cette hutte. En déjeunant il l'avait observée et progressivement il s'était senti mieux. Elle formait un demi-cercle largement ouvert sur le *bolong* ; la brise de la marée la traversant, sa chemise trempée de sueur s'était doucement décollée de sa peau. Ses couleurs vives, jaune orangé et bleu, sentaient l'Afrique. Sur le mur du fond, face à l'eau, deux peintures encadraient la petite porte qui menait à la cuisine, équipée d'un simple réchaud à gaz. L'une était une carte du Sénégal, l'autre un paysage de la Casamance. La couleur ocre de la terre cuite s'était mélangée à la peinture en mille reflets de feu. À droite de ce paysage rougeoyant, sous les rayons d'un improbable coucher de soleil, il y avait ce petit bar sur fond bleu où il avait pris son premier thé. Au-dessus, en peinture orange, on découvrait deux mains enserrant un cœur. Les mains de Papis rougies par un dur labeur et le cœur éclatant de ce Fafa aux mille enfants.

Paul aurait pu louer une des trois « chambres d'hôte », ainsi que Papis les qualifiait, mais il avait préféré cette case de terre cuite et de tôles un peu à l'écart des autres, il s'y sentait plus indépendant. Les toilettes étaient à l'extérieur et l'eau… c'était au puits qu'il fallait aller la chercher ! Vivre là pouvait ressembler à un cauchemar après le confort de sa vie en Europe mais son existence tout entière en était devenue un.

« Papis, tu me files une Gazelle ?

— Si tu veux, et j'en prends une avec toi. Paul, où est ton Toyota ?

— Cette nuit, en rentrant de Cap Skirring, je me suis enlisé sur la piste, au niveau de la grande bassine, et j'ai fait les deux derniers kilomètres à pied. Tu pourras m'aider à le sortir de là ?

— Enlisé ? Mais le sable n'est pas si fin en cette saison. Tu es sorti de la trace ?

— Oui, Fafa, mais ne commence pas, j'ai mal à la tête, on en parlera une autre fois. »

Papis, une bière dans chaque main, s'était assis en face de Paul.

« Ta tête ! Tu devrais la voir. Tu te saoules, tu fumes tout ce qu'on trouve au Cap. Tu en arrives à faire peur à Yacine et tu commences à me faire peur aussi.

— Peur de quoi, Papis ?

— Regarde-toi dans une glace, tu verras.

— Pff ! Tu m'as coupé l'envie de la boire, cette bière. »

Paul se leva, descendit les trois marches de la hutte et s'installa dans le « hamac », un filet de pêche que Papis avait tendu entre les deux cocotiers qui bordaient la rive. La discussion était close, Papis le savait et il n'insista pas. Il but sa Gazelle lentement en pensant à cet homme qui était devenu son ami mais que nul ne semblait pouvoir aider. Il aurait fallu savoir quels démons il affrontait. Quelques instants plus tard, Paul ronflait. Papis avala sa dernière gorgée de bière d'un air dépité. *Il a encore fui*, pensa-t-il.

Il était 19 heures et Paul déambulait, comme la veille et tous les jours qui avaient précédé, dans le village de Cap Skirring. Il passa d'abord à l'épicerie, chez Sulaiman, le magasin le moins cher du village et dont l'enseigne affichait clairement les ambitions : « Comme chez Leclerc, moins cher que gratuit ! » Il prit une bouteille de whisky et alla la déposer dans sa voiture. Il poursuivit son chemin vers l'unique rond-point de la ville, le lieu de tous les rendez-vous. Il devait voir son fournisseur d'herbe. Il y avait six dealers dans le village mais Paul ne traitait qu'avec Racine. Un jour, alors que ce dernier était parti voir sa famille à Ziguinchor, il avait dealé avec Dambo. Il s'était tapé un bad trip, une véritable visite de l'enfer. Racine n'était pas encore là et Paul se posa sur le petit muret qui ceinture le rond-point. Le village grouille en début de soirée, comme si la moitié des habitants se donnait rendez-vous dans la rue. La température clémente à la tombée de la nuit, l'incommodité des logements et l'absence d'électricité dans la plupart d'entre eux poussent les gens dehors. La moitié du village... Les hommes uniquement car les femmes, omniprésentes en journée, s'occupent des enfants et des repas à cette heure-là. Paul avait découvert tout cela lors de son arrivée au Cap mais il était devenu, depuis bien longtemps déjà, complètement hermétique au monde qui l'entourait.

Plus de dix minutes de retard, ce n'était pas dans les habitudes de Racine. Paul se tenait debout maintenant et tentait de repérer, au milieu de cette foule de têtes noires, la casquette bleue perpétuellement vissée sur le crâne de son fournisseur. Il avait les mains moites et s'était mis à transpirer. Il faisait une crise d'angoisse, il avait peur de ne pas pouvoir faire face à ses fantômes sans sa dose, ne pas trouver le sommeil et errer dans son passé comme il l'avait fait pendant des mois. Cela le terrorisait.

À 20 heures, il dînait seul, comme d'habitude, au Régal, un petit restaurant sur le bord de la route, à quelques centaines de mètres du rond-point. Il avait retrouvé son calme. Il tenait dans sa main droite un verre de punch servi par Andsoudemba et avec la gauche il tapotait, dans sa poche, le paquet de cigarettes remis par Racine. Lorsqu'il quitta le restaurant, il était déjà ivre et cria :

« Salut, Sous-sol, à demain.

— Salut, Paul, mais fais gaffe, lorsque tu n'arrives plus à dire mon nom, c'est généralement que tu es cuit, mon ami.

— Yo ! »

Après une bonne heure de brousse en Toyota, il était dans sa case, affalé sur son lit, pétard aux lèvres. Il flottait dans l'air, comme emporté par ses volutes de fumée. Il vivait une autre vie, celle qu'il avait cru être la sienne.

2

Charlotte se tenait sur la pointe des pieds et, en s'appuyant légèrement sur les épaules des deux personnes qui la précédaient, elle parvint à voir le panneau d'affichage. Elle démarra par le haut de la liste et, en vingt et unième position, elle crut voir écrit « Watine Charlotte ». Elle fit un pas de plus en se glissant entre les deux étudiants qui lui barraient le chemin. Cette fois c'était sûr, c'est bien ce nom-là qui figurerait bientôt sur une plaque de cuivre au bas d'un immeuble parisien, juste au-dessus du mot « rhumatologue ». En l'espace d'un instant, elle revit tout son parcours, toutes ces concessions déjà faites : les années passées à la Catho rue du Port à Lille, à quelques kilomètres de l'appartement familial, l'externat avec ses journées sans fin... Elle n'avait pas traîné en route, elle avait juste un peu oublié de vivre. Maintenant, à vingt-cinq ans, tout cela était derrière elle. Elle allait fêter l'événement avec ses amies, passer le week-end avec ses parents puis partir en mission, comme elle l'avait prévu, avec Médecins du monde à Haïti.

Charlotte était arrivée à l'aéroport de Roissy deux heures avant l'embarquement. Elle avait déjà enregistré sa valise. Elle n'avait emporté aucune tenue habillée, pas même une robe ou un tailleur pour la soirée prévue au consulat. Elle serrait contre elle son sac à main Mulberry, offert par ses parents pour son résultat au concours d'internat. C'était une présence réconfortante dans ce moment partagé entre excitation et angoisse de l'inconnu. Elle s'arrêta à la maison de la presse, prit *Elle*, *Vogue* et un paquet de Tic Tac puis, pour tuer le temps, fit le tour de la plupart des magasins du terminal, n'achetant que quelques paquets de Lu au duty free. C'est là que Charlotte croisa un homme en costume bleu foncé, âgé d'une petite trentaine d'années, en ayant le sentiment de l'avoir déjà vu dans d'autres boutiques. Charlotte se souvint alors qu'elle avait même failli le bousculer à la caisse de la librairie lorsqu'elle avait finalement décidé de prendre *Vogue* en plus de son *Elle* habituel. Était-il possible qu'il la suive ? Elle voulut en avoir le cœur net ; elle fit demi-tour et reprit le chemin de la maison de la presse. En entrant dans le magasin, elle jeta un discret coup d'œil au-dessus de son épaule droite. Il avait rebroussé chemin lui aussi. Dans les rayons, elle prit le premier bouquin qui lui tomba sous la main et le leva à hauteur des yeux, comme si elle avait voulu lire la quatrième de couverture. Elle le voyait distinctement derrière la vitrine. Il était plutôt grand, mince et élégant. Ses cheveux, châtain clair, bien fournis et visiblement un poil rebelles, compensaient son costume un peu trop classique. *C'est un bel homme*, pensa-t-elle en reposant le livre sur l'étal. Cette simple pensée la fit sourire. *Mais qu'est-ce qui m'arrive ? Je regarde les hommes maintenant ?*

Charlotte reprit son chemin mais quelques minutes plus tard, en s'arrêtant à nouveau devant une vitrine, elle constata qu'il était toujours là. Cette fois, il n'y avait plus de doute. Elle fit brusquement demi-tour et s'avança vers lui. L'homme s'arrêta aussitôt. Elle lui faisait face.

« J'ai l'impression que vous me suivez depuis un petit moment. Vous me suivez, n'est-ce pas ?

— Non, je... euh oui, je vous suivais.

— Pourquoi ?

— Je voulais... si vous aviez le temps et euh... si j'avais le courage de vous aborder, vous inviter à prendre un verre.

— Je suis désolée mais je n'ai pas soif.

— Moi si, et même terriblement maintenant. Je crois même que je n'ai jamais eu autant besoin d'un verre. Vous pourriez juste m'accompagner.

— Hum...

— Me soutenir jusqu'au bar !

— Si c'est pour une bonne œuvre... j'ai encore une heure et quart avant l'embarquement. »

Elle s'était dirigée vers la brasserie L'Envol et ils s'étaient assis à une petite table.

« Ça vous arrive souvent de suivre les femmes dans les aéroports ?

— Non ! C'est la première fois, je ne sais pas ce qui m'a pris, c'était plus fort que moi. J'espère que vous me croyez ?

— Lorsque j'ai fait demi-tour et que je vous ai abordé, vous avez rougi jusqu'aux oreilles, comme un gosse que l'on prend les doigts dans le Nutella ! J'ai dit oui parce que cela m'a touchée. Un satyre serait resté de marbre, ajouta-t-elle en souriant.

— Vous vous moquez de moi, euh...

— Charlotte, je m'appelle Charlotte. Oui, je me moque un peu de vous et de votre élocution, vous aviez du mal à parler tout à l'heure. Vous faites quoi comme métier ?

— Je suis avocat et je m'appelle Marc. »

Elle éclata de rire.

« Je suis si drôle que cela ?

— Oui, je suis désolée mais avec vos problèmes d'élocution... j'espère que vous ne plaidez pas ?

— Je plaide et je vous promets qu'habituellement je ne me débrouille pas si mal. Je suis avocat pénaliste.

— Puisque nous avons un peu de temps, vous voulez bien me raconter votre affaire la plus rocambolesque, monsieur l'avocat ? »

Marc s'exécuta. Il avait retrouvé tous ses moyens et sut transformer une histoire de drogue et de faux papiers en casse du siècle. C'était étonnant, comme une discussion entre des amis de longue date que la vie a séparés et qui ont tant à se dire. Charlotte vivait ces instants comme on déguste un fruit savoureux. Elle se surprit à faire des confidences à cet homme qu'elle ne connaissait pas. C'était une parenthèse, un moment volé à la vie. Le côté naïf au grand cœur de Marc l'amusait et la surprenait. Comment ce trait de caractère si prégnant se conjuguait-il avec les affres de son métier ?

« Vous resterez longtemps à Haïti ?

— Quatre mois, je rentre le 23 décembre pour démarrer l'internat début janvier.

— Et pourquoi Haïti ?

— Je n'ai pas choisi. Médecins du monde vous envoie là où il y a urgence. Initialement, je devais aller à Calcutta, et puis il y a eu les inondations de mai à Port-au-Prince. Entre les ravages du sida et ces sans-abri, la situation sanitaire est, paraît-il, effrayante.

— Et ça ne vous fait pas peur ?

— Je vais être médecin et j'ai besoin de me sentir utile. Évidemment, à l'idée de voir autant de souffrance je suis un peu angoissée, mais si je ne le fais pas maintenant, je ne le ferai jamais.

— Vous savez ce que vous... »

Mademoiselle Charlotte Watine est attendue porte 20 pour un embarquement immédiat à destination d'Haïti. Mademoiselle Charlotte Watine est attendue...

Charlotte se leva d'un bond, attrapa son sac posé sur la chaise à côté d'elle en criant : « Oh mon Dieu, je vais rater mon avion ! Au revoir, Marc », et elle disparut dans la foule.

Dans l'avion, encore essoufflée, Charlotte pensait à cette rencontre inattendue. Elle avait perdu la notion du temps, oublié cette angoisse de partir qui l'étreignait quelques instants auparavant. Mais qu'avait donc cet homme de si particulier pour lui faire un tel effet ? Rien ou... plutôt tout ! C'était un ensemble de choses : son élégance, ses yeux pétillants, son sourire, la douceur de sa voix et ses mots qui révélaient un esprit brillant. Et puis, elle devait bien se l'avouer, cette façon qu'il avait de la regarder, cette lueur dans ses yeux, l'avait enveloppée tout entière, comme un bain de jouvence. « Oh non ! » s'écria-t-elle, faisant sursauter son voisin qui somnolait, en réalisant qu'avec son départ précipité ils ne s'étaient même pas échangé leurs coordonnées. *Il s'appelle Marc, il est avocat quelque part en France ; avec ça je n'ai aucune chance de le retrouver. Il restera à jamais l'inconnu de Roissy.*

Pendant ses quatre mois à Haïti, Charlotte pensa à Marc presque chaque jour. Elle mit ça sur le compte du vague à l'âme créé par l'éloignement. Dans cet environnement haïtien souvent rude, elle pensait au dernier moment agréable qu'elle avait vécu avant de partir. Pourtant, dans l'avion du retour, l'inconnu de Roissy habitait toujours ses pensées. Alors qu'elle volait vers le lieu de leur rencontre, gagnée par le sommeil, les yeux fermés, elle constata qu'elle se souvenait de chaque mot, de chaque phrase de leur conversation. L'atterrissage, un peu brutal, la sortit de son sommeil. En touchant le sol, elle reprit contact avec la réalité. Cet homme resterait un inconnu à jamais. Elle n'était pas abattue, il avait été une pensée réconfortante pendant quatre mois et, surtout, il lui avait fait ressentir quelque chose qu'elle n'avait jamais éprouvée jusqu'alors, un peu comme l'impression d'être envahie tout entière par le bien-être. En réalité, c'était même bien plus que cela, elle ne trouvait pas les mots mais savait dorénavant qu'un jour un homme pourrait l'emporter. *Maintenant, après ces quatre mois, la vraie vie va reprendre son cours : Noël en famille dès demain et une formidable bringue avec mes amies pour le 31, puis l'internat à Paris et peut-être un jour... une autre rencontre inattendue !*

3

Marc s'était enregistré, il lui restait une bonne demi-heure avant l'embarquement. *J'ai le temps d'aller fumer une cigarette dehors*, pensa-t-il. Adossé au mur du terminal, il glissa sa gitane entre ses lèvres, l'alluma et inspira profondément en basculant la tête en arrière. Il se sentait bien, le soleil lui chauffait le visage. Il desserra sa cravate et défit le bouton de son col de chemise. Ce déplacement le contrariait, mais finalement sortir du bureau et du palais de justice était une bouffée d'oxygène. L'affaire qu'il avait en charge était sans grand intérêt, sans véritable enjeu, et il n'éprouvait aucun stress. Cette journée lui appartenait.

Un taxi s'arrêta à sa hauteur et une jeune femme en descendit, renversant, dans le même temps, son sac à main. Il fit un pas vers elle pour l'aider mais le chauffeur du taxi avait été plus rapide que lui. Les objets remis en place dans son sac, elle se redressa. Elle était plutôt grande, un bon mètre soixante-dix, avec des cheveux noir de jais, et dans l'ombre du soleil son corps semblait dessiné à la silhouette. Une fois sa valise en main, elle se retourna. Elle paya le chauffeur, le remercia et lui adressa un sourire qui lui emplit le visage. Le chignon qui maintenait ses cheveux en arrière dégageait un front haut, des sourcils en accent circonflexe et des yeux noisette. Son petit menton volontaire donnait du chien à ce visage d'une beauté parfaite. Elle passa devant lui et entra dans le terminal. Immédiatement, Marc fut pris d'une envie irrépressible de suivre cette femme. C'était ridicule, jamais il n'avait fait cela, ni même pensé à le faire, mais c'était plus fort que lui. Elle marchait d'un pas rapide et à grandes enjambées, filant comme le vent. Elle enregistra sa valise puis sembla hésiter, pour finalement se diriger vers la maison de la presse. Il était dans la queue, à la caisse, juste derrière elle, *Le Figaro* à la main. Il sentait l'odeur délicate de son parfum. Brutalement, alors qu'il ne restait plus qu'une personne devant elle, la jeune femme fit demi-tour et il se retrouva presque nez à nez avec elle. L'avait-elle remarqué ? Non, c'était sûr que non, lorsqu'elle s'était retournée, elle avait le regard fixé sur le rayon des magazines. Il l'attendit à la sortie, la tête plongée dans le journal, comme si soudain un article avait retenu son attention. Elle passa devant lui, son pas s'était ralenti, puis elle s'arrêta devant plusieurs vitrines. Elle flânait. Au duty free, elle avait soudainement fait demi-tour et ils s'étaient croisés. Il avait poursuivi un peu son chemin, revenant ensuite discrètement sur ses pas. C'était bien joué, elle n'avait sûrement pas remarqué qu'il la suivait. Il aurait pu faire un bon détective.

Marc ne savait pas exactement où il voulait en venir. La beauté et l'allure de cette jeune femme le fascinaient, la suivre l'exaltait, mais il se sentait incapable de l'aborder. Les femmes, en dehors des relations de travail, le mettaient mal à l'aise. Il ne savait pas, il n'avait jamais su leur parler. Auprès d'elles, il se sentait maladroit. Il avait le plus grand mal à comprendre comment il pouvait être aussi brillant et sûr de lui dans ses plaidoiries et aussi gauche et inquiet dans un face-à-face avec une femme. Il en avait déduit qu'elles lui faisaient toutes un peu peur.

En sortant de la maison de la presse, la jeune femme vint directement vers lui. Il ne savait plus quoi faire, il aurait voulu fuir. Elle l'interpella, lui demandant s'il la suivait. Il se sentit rougir, il ne savait que répondre. Le maladroit était à l'œuvre. Elle lui demanda si ça lui arrivait souvent, mais le ton de sa voix était doux, son visage avenant. Aucune agressivité. Il s'était jeté à l'eau et avait avoué qu'il souhaitait l'inviter à prendre un verre. Il avait un peu insisté, il ne savait plus trop comment, mais elle avait accepté. Il l'avait suivie jusqu'au bar et s'était assis en face d'elle. Elle avait enchaîné avec humour, un humour taquin qui lui avait plu tout de suite. Et puis ils en étaient arrivés à parler de son métier : ce sujet qu'il maîtrisait si bien. Il avait découvert que l'esprit de la belle n'avait rien à envier à son physique. C'était une jeune femme intelligente, déterminée, naturelle, indépendante. Elle semblait très à l'aise et sûre d'elle mais, sans qu'il sache rattacher cette impression à des éléments précis, il avait ressenti une sorte de fragilité qui donnait de l'épaisseur à sa personnalité. Son métier d'avocat lui avait appris à dépasser les apparences, à entendre au-delà des mots. Ce soupçon de fragilité le rassurait, lui qui manquait tant d'assurance avec les femmes. Les sujets s'enchaînaient, la discussion était fluide, si naturelle que jamais il n'eut le sentiment, récurrent chez lui, de faire des figures imposées. Il se sentait si bien que son visage demeura impassible lorsqu'il entendit le dernier appel pour son vol. Il se fichait éperdument de son avion, de sa journée. Le temps ne comptait plus.

Lorsque Charlotte se leva d'un bond, en criant qu'elle allait rater son avion, il resta bouche bée. Cet instant devait arriver mais il l'avait oublié et, le temps qu'il retrouve ses esprits, elle avait disparu. Il resta assis de longues minutes, apathique, plongé dans ses pensées. Comment était-ce possible ? Il n'en revenait pas, tout l'étonnait dans ce qui venait de se passer. Il avait abordé, enfin presque abordé, une inconnue dans un aéroport, lui, le romantique timide que ses copains avaient récemment inscrit sur Meetic devant son incapacité à faire des rencontres. Il s'était senti si bien avec Charlotte qu'il avait dû se retenir pour ne pas lui prendre la main, cette main posée sur la table, juste à côté de la sienne. Il avait failli le faire, lui dont le manque d'assurance avait été conforté par le côté direct et sûres d'elles-mêmes des « femmes Meetic ». Il les avait comparées, au grand amusement de ses copains, à des sauterelles tant elles donnaient, pour la plupart, l'impression qu'elles allaient sauter sur leur proie. Lorsqu'il regardait les Parisiennes arpenter les trottoirs de la capitale, condamnées par la hauteur de leurs talons à marcher les jambes fléchies, l'image de cet insecte omnivore prêt à bondir sur ses proies lui revenait immanquablement à l'esprit.

Avec Charlotte, il s'était senti à l'aise, aux antipodes de lui-même. Comment les choses pouvaient-elles être si soudainement différentes ?

Quelques instants plus tard, il traversait le terminal en courant vers le comptoir American Airlines.

« Bonjour, madame.

— Bonjour, monsieur, que puis-je faire pour vous ?

— Il y a une jeune femme qui s'appelle Charlotte qui vient de prendre votre vol pour Haïti, elle m'a donné ses coordonnées mais j'ai perdu le papier. Pourriez-vous me donner son nom de famille et son numéro de téléphone, si vous l'avez ?

— Je suis désolée, monsieur, mais nous n'avons pas le droit de donner ce genre d'information, c'est interdit.

— Madame, je ne sais pas comment vous expliquer. J'ai rencontré cette jeune femme, nous avons discuté une bonne heure et je voudrais la revoir.

— Je suis désolée, je ne peux pas. Mais faites le chemin inverse, vous retrouverez sûrement le papier.

— Écoutez, en réalité elle ne m'a pas donné de papier, enfin... elle l'aurait sûrement fait si elle avait eu le temps mais... ce serait un peu long à expliquer. J'ai eu un coup de foudre, voilà ! Vous savez, ce truc qui n'existe pas, que l'on ne voit que dans les films. Je dois absolument la revoir.

— Croyez-moi, cela me fait mal au cœur, mais je n'ai vraiment pas le droit. Soyez gentil, monsieur, n'insistez pas.

— Je comprends, excusez-moi. »

Marc réalisa à cet instant que Médecins du monde lui ferait la même réponse. Quant à retrouver une Charlotte dans l'ensemble des facultés de médecine de France et de Navarre... Il bascula de l'euphorie à l'abattement. Il avait trouvé et perdu la femme de sa vie dans le même temps. Cette journée ne lui appartenait plus.

Il se dirigea vers le guichet Air France pour prendre le vol suivant à destination de Toulouse et s'arrêta soudainement. Il resta immobile quelques instants puis fit demi-tour et courut à nouveau vers le comptoir American Airlines :

« *Elle revient le 23, elle revient le 23 !*

— Monsieur, même si vous connaissez sa date de retour, je ne peux pas vous donner son nom.

— Oui je sais, mais le 23, vous avez bien un vol en provenance d'Haïti ?

— Oui, effectivement, le 23 septembre nous avons un vol direct de Port-au-Prince.

— Décembre !

— Décembre, quoi décembre ?

— Elle revient le 23 décembre, vous avez bien un vol le 23 décembre ?

— Mais monsieur, c'est dans quatre mois !

— Quatre mois, oui ! Et qu'est-ce que c'est, quatre mois, à l'échelle d'une vie !

— Mais peut-être est-elle mariée ou a-t-elle un petit ami ?

— Oh non, mariée, elle ne l'est pas, elle n'avait pas d'alliance. Un ami ? Sûrement pas : elle partait à Haïti pour quatre mois, il n'y avait personne qui l'accompagnait et son téléphone n'a pas sonné. Et puis elle a accepté de prendre un verre avec moi et elle avait l'air de se sentir vraiment bien. Enfin, je ne sais pas comment vous dire mais c'était une impression… presque palpable.

— Tant mieux ! Vous avez tellement l'air d'y croire !

— Alors, le 23 décembre ?

— Il y a un vol direct de Port-au-Prince qui atterrit à 20 h 30, mais je pense qu'il y en a un autre ce jour-là, sur Caribbean Airlines.

— Il y a toutes les chances qu'elle fasse l'aller et retour avec la même compagnie. De toute façon, j'attendrai à l'arrivée des deux vols. Merci, madame, je vous remercie vraiment. »

L'aéroport grouillait en cette avant-veille de Noël. Marc n'était pas inquiet, il savait qu'il reconnaîtrait immédiatement l'allure, le visage de Charlotte. Même au milieu de cette foule. Il se tenait face à la porte des arrivées et ne la quitta pas des yeux pendant une demi-heure, scrutant chaque personne qui la franchissait. Il s'était déjà adonné au même exercice, sans succès, en début d'après-midi, avec le premier vol en provenance d'Haïti mais, cette fois, c'était le bon, il le sentait... et dans un instant elle serait là ! Cette pensée le fit tressaillir. ELLE, la femme de ses rêves, son coup de foudre... Et puis soudainement, elle fut là, dans l'encadrement de la porte. Elle s'arrêta, scruta la foule, regarda dans sa direction, et ce sourire qui lui allait si bien emplit soudainement son visage. Elle se dirigea vers lui ; il était médusé, incapable de faire le moindre geste. L'intensité du moment le bouleversait, il mélangeait tout : le rêve et la réalité, le hasard et le destin, le bonheur et l'amour... Il se louait de s'être laissé emporter par cette folie visiblement partagée. Il la sentait déjà dans ses bras.

À quelques mètres de lui, elle se mit à courir et... se jeta dans les bras de l'homme juste devant lui. Sa tête reposait maintenant sur cette épaule massive, son visage au creux de ce cou qui n'était pas le sien ne lui laissait voir que ses magnifiques cheveux noirs. Le sourire de Marc se figea. Il était hébété, K-O debout. L'homme fit un quart de tour sur la gauche avec Charlotte dans ses bras, lui laissant apercevoir son profil de briseur de rêves. L'esprit de Marc reprit le dessus et immédiatement lui fit ressentir le ridicule de la situation. Il devait s'éclipser discrètement et rapidement, il aurait tout le temps ensuite de tordre le cou à cet idéaliste, ce crétin qui l'habitait depuis quatre mois. Il faisait demi-tour quand il entendit ces mots :

« Attendez, monsieur ! »

Instinctivement, Marc se retourna. Charlotte le regardait, le menton posé sur cette épaule masculine.

« Marc, Marc... j'étais sûre que c'était vous, dit-elle en s'avançant vers lui. Mais que faites-vous là ?

— Je suis venu chercher mon associé, euh... il revient d'un congrès international.

— Vous passez votre vie dans ce terminal !

— Non, je n'y ai pas mis les pieds depuis notre rencontre.

— C'est incroyable, quelle coïncidence ! La vie réserve parfois de ces surprises.

— Oh oui, vous pouvez le dire, Charlotte.

— Marc, venez avec moi, je vais vous présenter à...

— Non, je suis désolé, je ne peux pas, mon associé doit m'attendre : son avion s'est posé il y a déjà vingt minutes.

— Tenez, je vous donne mon numéro de portable. J'aimerais que vous m'appeliez, Marc. Vous le ferez ?

— C'est promis.

— À bientôt alors.

— Oui, à bientôt. »

Marc s'était affalé dans son canapé. Il regardait le numéro de Charlotte sur l'écran de son portable. Il hésita quelques instants, les yeux fixés sur l'icône « enregistrer nouveau contact ». Quel abruti il avait été. Croire au coup de foudre réciproque, quelle imprudence, quelle sottise. Il avait raconté cette rencontre à François, son associé. Ce dernier l'avait mis en garde : « Marc, tu es un fin psychologue, un très bon avocat mais, dans ta vie privée, tu es un incroyable idéaliste doublé d'un romantique, le cocktail de la souffrance par excellence. » Oui, cela faisait mal, mais il avait vibré, rêvé, vécu intensément pendant quatre mois et, même en cet instant, Marc ne l'oubliait pas. Il appuya sur « enregistrer ».

Il passa les fêtes de Noël en famille. Il avait prévu de rappeler Charlotte le 1er janvier sous prétexte de lui souhaiter une bonne année. Il n'espérait rien, il voulait juste entendre sa voix et donner un peu de consistance à ce rêve qui l'habitait toujours. Le 31 décembre, il était au bureau mais ne parvenait pas à travailler et faisait les cent pas. À 17 heures, il craqua :

« Bonjour, Charlotte, c'est Marc.

— Marc ! Je n'y croyais plus, vous m'aviez promis de m'appeler.

— Euh... Je ne voulais pas vous déranger pendant les fêtes de Noël mais je voulais être le premier à vous souhaiter une bonne année et...

— Vous êtes en effet le premier et même le seul à me la souhaiter... le 31 décembre !

— Euh, c'est-à-dire... c'est parce que...

— Vous plaidez là ? Je ne suis pas sûre de vous acquitter !

— Je vais plaider auprès des plus hautes autorités pour que cette année vous soit douce. Je convaincrai aisément, sans effets de manches. Qui oserait priver le monde de ce sourire qui vous va si bien ?

— Si bien ! Tralala, tsoin-tsoin ! »

Ils discutèrent une dizaine de minutes.

« Charlotte, avec qui allez-vous passer la dernière soirée de l'année ?

— Avec des amis, ici à Paris.

— Vous êtes ici, à Paris ? C'est curieux, j'étais persuadé que vous habitiez en province.

— J'habite Lille, je suis arrivée il y a une heure. Je loge chez une amie. Et vous, qu'allez-vous faire ce soir ?

— Je déteste le 31. Il faut être en forme sur commande. Je préfère les soirées improvisées, c'est souvent celles-là qui se terminent en bringues mémorables. Je vais chez un cousin dans le 7e arrondissement.

— On pourrait peut-être se voir avant nos soirées ?

— J'en serais ravi.

— À 18 heures au Tourville par exemple. Vous connaissez Le Tourville ?

— Oui, oui, pas de problème, Charlotte, j'y serai. À 18 heures. »

Marc rangea précipitamment son ordinateur dans son cartable et quitta aussitôt le bureau. Il voulait repasser chez lui enfiler un costume. Son Boss à fines côtes noires serait parfait, il lui allait si bien. Avec sa plus jolie chemise blanche, il serait d'un chic… Les femmes aiment les hommes élégants, elles les adorent en costume. Il le savait. D'ailleurs, à chaque fois qu'il était allé voir sa mère ainsi habillé, elle n'avait jamais manqué de lui dire qu'il était beau.

Il descendit du taxi, son cartable à la main, comme s'il arrivait directement du bureau. Il regarda sa montre. 18 heures. Il poussa la porte du Tourville, tourna la tête à gauche en direction de la salle... elle était là, à la troisième table. Elle lui fit un petit signe de la main. Troublé, il vint s'asseoir sans même lui faire la bise. Elle était rayonnante. Il croisa son regard et ne parvint plus à se détacher de ses yeux noisette. Il était subjugué. Elle sourit et ses yeux se plissèrent délicatement.

« Marc !

— Euh... oui.

— Bonjour ! Vous avez l'air dans vos pensées. Un souci, monsieur l'avocat ? Le 31, on oublie tout ! »

Comme cinq mois plus tôt, la magie opéra. Marc vivait des instants délicieux. Il était naturel, à l'aise, il avait trouvé sa place. Il était plus brillant, plus vif que dans ses meilleures plaidoiries. Il enchaînait et, lorsque la parole changeait de côté, il l'admirait. Ils prirent une, deux, trois puis quatre coupes de champagne et furent plus volubiles encore. Le temps avait, comme à Roissy, suspendu son vol.

« Oh zut ! Il est 20 h 15, je ne vois pas passer le temps avec toi mais il faut absolument que je parte à ma soirée.

— Attends, Charlotte, il faut que je t'avoue quelque chose et tant pis si j'ai l'air ridicule.

— Ridicule ! Mais pourquoi ?

— On ne s'est pas vus par hasard à ton retour à Roissy, je t'attendais. J'avais retenu que tu rentrais le

23 décembre et j'ai passé la journée à l'aéroport devant la porte des arrivées...

— Mais, Marc... »

Il ne la laissa pas continuer, il craignait qu'à cet instant elle lui parle de son petit ami.

« Ne m'interromps pas, Charlotte, sinon je n'irai jamais jusqu'au bout. J'étais là, je t'attendais, et puis tu es arrivée et il y avait ton ami, et tu t'es jetée à son cou. J'étais mal...

— Mais, Marc, c'était mon père ! »

Marc était bouche bée. Charlotte riait.

« Si on dînait ensemble au lieu d'aller à nos soirées ? Tu pourrais continuer de te moquer de moi...

— Non, Marc, annuler à la dernière minute... C'est ma meilleure amie qui organise la soirée, je ne peux pas lui faire ça.

— Tu n'as qu'à dire que tu es malade, que tu as espéré jusqu'au dernier moment mais que ça ne va vraiment pas. »

Charlotte ne répondit pas, son regard se figea comme si elle tentait d'imaginer le visage de son amie à l'autre bout du fil. Elle hésitait. Marc avait abattu toutes ses cartes. Il ne la quittait pas des yeux, à la recherche du moindre indice. Soudain, le regard de Charlotte retrouva sa mobilité et son sourire lui emplit le visage. Elle accepta. Marc était sur un petit nuage. Sur le trottoir de l'avenue de Tourville, en direction du restaurant Le Petit Palais où il avait trouvé une table, il sortit son paquet de gitanes. Elle l'attrapa immédiatement, le cacha dans son dos et cria : « Tu ne fumeras pas, ce n'est pas bon pour ta santé. » Il voulait reprendre son paquet, en fumer « une, juste une ! ». Elle courut. Il essaya de l'attraper. Elle se réfugia derrière un abribus. Il la voyait à travers la vitre ;

il partait d'un côté, elle partait de l'autre... Ils criaient... Ils jouaient comme des gamins dans la rue.

Au Petit Palais, on lui fit remarquer la chance qu'il avait eue d'obtenir une table un 31 décembre, une annulation quelques minutes avant son appel. Mais plus rien ne pouvait étonner Marc, sa soirée tout entière était un miracle. Il passa le dîner plongé dans les yeux de Charlotte, bercé par son rire. Cette année en son crépuscule, en ses dernières heures, lui faisait vivre celles qui donnent tout son sens à l'existence.

Quelques minutes avant minuit, Charlotte ouvrit son sac ; elle en sortit des raisins qu'elle aligna sur la table en deux rangées de douze. Les avaler à chaque coup de minuit, c'était douze mois de bonheur garantis. Une coutume espagnole héritée de sa mère. Marc égrainait les mois mais ses pensées étaient ailleurs. Il s'interrogeait, il se demandait si au douzième coup de minuit il devait embrasser Charlotte, ici, au beau milieu du restaurant, entre les Italiens de la table de gauche et les Anglais de celle de droite. Tétanisé par l'enjeu, par l'idée de commettre un impair, il n'en fit rien.

À 1 heure du matin, sur le perron du Petit Palais, ils s'apprêtèrent à affronter la foule et la pluie battante. Marc protégea Charlotte avec son cartable. Ils traversèrent le Cours-la-Reine d'un pas vif puis s'engagèrent sur le pont Alexandre-III. La pluie redoublait, ils couraient maintenant. Marc tenait Charlotte par la taille, son cartable en parapluie au-dessus de sa tête. À la clé de voûte de l'arche, à l'endroit même où les nymphes, filles de Zeus, contemplent la Seine, trempés jusqu'aux os, ils rendirent les armes. Charlotte grelottait. Marc la prit dans ses bras, il essuya les gouttes qui ruisselaient sur son visage jusqu'à sa bouche et y déposa le plus doux des baisers.

Marc ne parvenait pas à se coucher, il était exalté par cette fin d'année inattendue. Il finit par se poser sur son canapé, le temps de fumer une gitane. Son esprit s'échappa. Il avait des images plein les yeux. Lui qui adorait les films aux belles scènes romantiques, il était comblé : un 31 décembre, dans la plus belle ville du monde, un couple enlacé au milieu du pont Alexandre-III, sous une pluie battante... Les plus beaux scénarios, c'est la vie qui les écrit. Puis il finit par s'endormir.

Le lendemain matin, son téléphone bipa. Il le prit en main, encore tout endormi. Un texto : « Merci pour cette soirée improvisée, inattendue, un instant volé à la vie. »

4

Quatre ans plus tard

Il était 18 h 30 et le patient suivant n'avait rendez-vous qu'à 19 heures. Des trous comme celui-là, il y en avait encore dans son agenda. Quatre mois après avoir posé sa plaque, cela n'avait rien d'étonnant. Charlotte était confiante, le nombre de patients progressait régulièrement. Surtout, elle commençait à revoir les mêmes visages et c'était l'essentiel. Elle avait toujours craint que sa jeunesse ne soit un handicap en rhumatologie, une spécialité dans laquelle la clientèle est plutôt âgée. D'habitude, Charlotte profitait de ces moments de tranquillité pour parfaire ses connaissances. Depuis quelques semaines, elle se passionnait pour les biothérapies, en cours de protocole en Italie, et qui s'annonçaient prometteuses pour le traitement des polyarthrites. Mais ce soir elle était fatiguée et elle laissait vagabonder son esprit.

Dans deux semaines, ce sera notre troisième anniversaire de mariage ; Marc me réserve certainement une surprise. Un week-end en amoureux, il aime ces breaks, ces moments rien qu'à nous. Cette année, je parie sur l'Italie. J'adore mais, à chaque fois, avec les remboursements de l'appartement, on se retrouve à découvert. D'un autre côté, maintenant c'est moins gênant, je commence à gagner ma vie. J'ai eu de la chance avec mon cabinet, la location n'est vraiment pas chère. D'accord, les travaux de réfection de l'immeuble vont encore durer deux mois, mais ensuite je ne serai plus toute seule, les locataires arriveront. Ça va être chouette. Certes, quand je vois l'état de la cour intérieure avec ces tas de sable et de gravier, j'ai du mal à croire que ce sera fini dans les temps. Pff, 19 h 15 et mon patient qui n'est toujours pas là. Ils font chier, ces clients du soir ! Ils sont toujours à la bourre et moi, je n'ai qu'à attendre. Je serais mieux à l'appart, avec un plateau télé. S'il n'est pas là dans dix minutes, je m'en vais.

À 19 h 30, elle enfila son blouson ; il faisait froid en cette fin novembre. Elle prit son trousseau de clés. Sous le porche de l'immeuble, elle s'agaça, comme chaque soir, en essayant de fermer la porte de son cabinet.

Merde, il n'y a toujours pas de lumière ; et cette serrure qu'ils doivent changer depuis quatre mois ! Vivement la fin des travaux, je n'en peux plus.

À cet instant, elle sursauta en sentant quelque chose lui effleurer le bas du dos, elle hurla mais ne perçut qu'un cri étouffé avant de réaliser qu'une main lui recouvrait maintenant la bouche. Elle sentit son corps se tordre alors qu'une violente piqûre entre les reins lui faisait instinctivement projeter son bassin en avant. Ses jambes se plièrent, elle perdit l'équilibre, se sentit basculer en arrière et puis, soudain, ses épaules trouvèrent un appui massif au moment même où une voix lui murmurait dans l'oreille droite :

« J'ai ma lame dans ton dos, petite salope. Si tu ne fais pas ce que je te dis, je te crève. »

La main qui lui recouvrait la bouche lui tourna alors brutalement la tête ; son corps suivit, emporté par la violence du mouvement. Elle tentait de respirer mais n'y parvenait pas. Puis elle fut projetée vers l'avant, sentit ses jambes faire des moulinets avant qu'elle ne s'affale. Elle réalisa qu'elle était au milieu de la cour de l'immeuble, face contre le sol, le visage presque enfoui dans le sable. Elle souleva la tête, respira enfin et entendit aussitôt un hurlement avant de réaliser qu'il s'agissait du sien. Son cri lui fit peur, il était empli d'une terreur qui nourrit la sienne et elle hurla à nouveau. Saisie au niveau des chevilles, elle se sentit glisser sur le sol. D'un geste rapide de la main droite, elle attrapa des graviers, tenta de se retourner mais n'y parvint qu'à moitié, et les lança de toutes ses forces vers cette ombre qui se tenait à genoux devant elle. D'un coup sec, l'ombre la fit glisser en lui écartant les jambes.

« Vas-y, gueule, salope, ça m'excite. Y a personne ici. Tu vas voir, tu vas aimer ça... »

Une main remonta jusqu'à son ventre. Elle essaya de prendre appui sur ses deux bras pour se redresser mais, alors qu'elle allait y parvenir, une masse lui tomba dessus, la clouant au sol. Il était là, allongé sur elle, elle sentait son souffle sur sa nuque. Elle ne pouvait plus faire un mouvement. Il y avait toujours cette main sur son ventre. Il lui semblait qu'il était parvenu à ouvrir le bouton de son jean mais la boucle de sa ceinture résistait toujours. D'un seul coup, la main se déplaça, quitta son bas-ventre pour remonter lentement entre ses fesses, et puis elle ne la sentit plus. Quelques secondes après, une forte traction sur sa ceinture souleva son bassin et dans le même temps elle perçut des mouvements de va-et-vient qui faisaient trembler ce corps qui l'écrasait. Il se masturbait ? Cette pensée lui traversa l'esprit à l'instant même où la traction sur son bassin se relâcha.

« T'as vu, elle coupe bien, ma lame. En trois quatre allers et retours elle a tranché ta putain de ceinture. »

Charlotte avait compris. Elle allait se faire violer. Ou se faire tuer. Ou les deux ! Elle hurla de plus belle et reçut, en guise de réponse, un coup violent derrière la tête.

« Maintenant ferme ta gueule ou je te crève. »

Elle sentit le corps de l'homme se soulever et en profita pour respirer mais se bloqua net au milieu de sa seconde inspiration. Il venait de lui saisir les pieds et, dans la même fraction de seconde, lui avait arraché ses deux chaussures. Elle prit appui sur ses bras, se redressa, parvint à se mettre à genoux et, au moment où elle pensait enfin pouvoir se relever, une traction la fit retomber face contre terre et glisser sur le sol. Puis ses jambes se soulevèrent dans des mouvements désordonnés. Elle comprit qu'il tirait sur son jean, tenta de le rattraper par la ceinture, qui lui resta entre les mains. Une secousse plus violente que les autres, accompagnée d'un cri d'effort, fit glisser son pantalon jusqu'à ses pieds. Poussée par un sursaut de frayeur, elle parvint à faire pivoter le haut de son corps et frappa l'ombre qui se tenait debout devant elle avec sa ceinture. Par deux fois elle entendit claquer la boucle métallique sur le corps de son agresseur. Il ne lâcha pas prise, laissa tomber le jean de Charlotte sur le sol et se jeta aussitôt sur elle. D'une main, il lui appuya sur la tête en lui enfonçant le visage dans le sable. De l'autre, il lui colla le couteau sur le cou.

« Tu te défends pas mal, petite salope, mais maintenant j'arrête de rigoler. Ou je te baise ou je te crève, c'est toi qui choisis. Alors tu veux quoi ?

— Je ne veux pas mourir.

— Alors tu veux quoi, dis-le ! cria-t-il.

— Je ne veux pas mourir.

— Alors dis-le, crache que tu veux que je te baise. Crie-le fort, putain !

— Je ne veux pas mourir !

— Alors tu veux que je te baise. Répète, salope ! »

Il appuyait la lame sur son cou.

« Non ! Non ! Je ne veux pas mourir… Faites ce que vous voulez mais ne me tuez pas ! » lâcha-t-elle dans une expiration hachée de sanglots.

La lame quitta son cou. À travers son blouson, elle la sentit filer sur son épaule droite et ses côtes puis, à même la peau, sur sa hanche et le haut de sa cuisse. Le morceau de métal froid se glissa sous l'élastique de sa culotte, qui céda. Le corps au-dessus d'elle fit des mouvements désordonnés, elle comprit qu'il venait de baisser son pantalon et puis, d'un coup sec, il lui écarta les jambes avec les siennes. Charlotte resta immobile ; elle voulait s'échapper de son corps, s'en extraire, ne plus penser à rien. Il pourrait en abuser, faire ce qu'il voulait, elle serait au-dessus de cela, loin. Il n'aurait que sa chair, qu'un morceau de chair, mais pas son esprit. Une fois repu et puisqu'elle aurait subi ça sans broncher, il lui laisserait sûrement la vie, il la lui devrait. Il n'y avait que ses expirations bruyantes, imposées par les pressions et les mouvements de cette masse qui l'écrasait, pour trahir la violence de l'assaut. Elle n'avait qu'à attendre la fin, il ne se passait rien, il n'y avait que cette bête couchée sur elle, un chien, un putain de chien. Elle guettait le moment où les trépidations et la respiration de ce corps se feraient plus rapides, et puis ça serait fini et ensuite elle chasserait à jamais ces instants de son esprit, de sa vie. Elle attendit ce moment, sa libération, mais alors que l'homme écartait brutalement les jambes, comme secoué par un spasme, et que son souffle se faisait plus rapide, elle fut prise d'une angoisse terrible.

Ce n'est qu'un chien, un putain de chien, alors pourquoi me laisserait-il la vie ? Mais il fait nuit, je n'ai pas vu son visage, alors pourquoi me tuerait-il ? Il n'y a aucune raison. Non, mais c'est sûrement un malade, un psychopathe, il pourrait me torturer ou me tuer juste pour le plaisir. Je voudrais le frapper, lui cracher dessus, mais il faut que je lui parle, que je lui dise quelque chose.

Maintenant, Charlotte redoutait que l'homme n'ait fini mais il fallait bien se rendre à l'évidence : après deux derniers mouvements nettement plus espacés, il ne bougeait plus. *Vite, lui dire quelque chose, quelque chose d'humain ! Ah, nom de Dieu, c'est au-dessus de mes forces.* Et dans un souffle elle marmonna :

« Je ne me suis plus défendue. Vous avez vu ? »

« Vous avez bien fait de lui parler. Quelques mots suffisent parfois à les faire sortir de leur état bestial, à leur rappeler l'être humain que vous êtes, là où ils ne voient plus qu'un corps sans valeur.

— Je ne suis pas sûre d'avoir bien fait, docteur, cette phrase que je lui ai dite, je l'ai... je... »

Depuis qu'elle avait avoué au médecin avoir été violée, les larmes roulaient sur les joues de Charlotte et les sanglots l'étouffaient maintenant. Raconter ça, ce n'était pas une libération, c'était le vivre une seconde fois. Mais elle n'avait pas eu le choix. Elle s'était juré de ne jamais en parler, de ne jamais en dire un mot à qui que ce soit. Mais là, c'était sa vie qui était en jeu. Charlotte, pourtant médecin, avait mis plusieurs heures à réaliser qu'elle était peut-être une morte en puissance. Sous sa douche, ses jambes s'étaient dérobées sous elle à cet instant de prise de conscience : le sida, nom de Dieu !

Elle avait filé aux urgences de l'hôpital Saint-Louis, elle savait que dans ces cas-là on pouvait donner de l'AZT à titre préventif, pour diminuer les risques d'infection. Plus tôt on administrait le traitement, plus il avait de chances d'être efficace. Chaque heure, chaque minute comptaient. Elle avait cru devenir folle, assise dans l'entrée des urgences en attendant d'être prise en charge par le médecin de garde. Charlotte était restée là près d'une heure, en face de l'accueil, sous les néons blafards, assistant au défilé des horreurs de la nuit. Elle avait été soulagée en voyant arriver le médecin de garde. Une femme. Elle l'avait suivie dans un petit bureau puis elle avait paniqué en entendant la décision de cette femme à qui elle n'avait en réalité rien dévoilé :

« Vous savez, une rupture de préservatif, c'est assez banal, et le risque est tellement faible, moins de 1 % dans un rapport hétérosexuel, que je ne vous prescris pas le traitement, qui est très lourd et loin d'être inoffensif ! »

Charlotte avait alors ajouté ne pas connaître l'homme avec qui elle avait couché, un type rencontré dans un bar. Se faire passer pour une fille facile la rendait malade de honte mais, médicalement, c'était un « facteur aggravant ». Charlotte le savait et pensait que ce serait suffisant pour obtenir le traitement d'urgence. Mais le médecin restait sur sa position. Charlotte était perdue. L'angoisse l'étreignait plus violemment encore. Les larmes coulaient sur ses joues. Alors elle avoua avoir été violée.

« Mais si, c'est évident que vous avez bien fait de lui parler, sinon vous ne seriez peut-être pas là.

— Ce n'est pas de lui avoir parlé que je me reproche, c'est... c'est ce que je lui ai dit, docteur !

— Quoi que vous ayez dit, vous avez bien fait puisque vous êtes là !

— J'ai... J'ai dit un truc... enfin... c'est horrible !

— C'est vrai, c'est le mot, se faire violer, c'est horrible.

— Mais non ! Vous... vous ne comprenez pas ! Ce que j'ai dit... ce que j'ai dit l'a encouragé et... et il a... et il a recommencé !

— Il vous a violée une seconde fois ? »

Charlotte raconta alors comment l'homme était lentement remonté sur elle, le long de son corps. Il lui avait ensuite bloqué les bras avec ses genoux et frotté sa verge sur son visage pendant de longues minutes, et l'avait finalement, sous la menace de son couteau, glissée dans sa bouche. Puis il l'avait obligée à se mettre à quatre pattes et avait entrepris de la sodomiser. Charlotte s'était débattue, ce qui lui avait valu cette marque de couteau dans le bas du dos. Alors qu'elle se contractait pour l'empêcher de la pénétrer, il s'était mis à hurler : « Salope, c'est ma queue ou ma lame, tu choisis ! »

Le médecin ausculta Charlotte, désinfecta sa plaie dans le dos et lui prescrivit finalement le traitement.

Avant de la raccompagner, elle l'encouragea à aller porter plainte et à consulter de toute urgence un psychologue, mais n'eut en retour qu'un rappel de quelques mots de son serment d'Hippocrate : « Je tairai les secrets qui me sont confiés. »

5

Papis s'était levé à l'aube, comme d'habitude. Il venait de déposer le matériel de pêche dans la pirogue et revenait maintenant d'un pas lent vers la rive du *bolong*. Il adorait ces instants, ce calme souverain du petit matin, cette nature immobile. Il avait longtemps vécu dans les faubourgs grouillants et bruyants de Dakar. Ici, à cette heure-là, dans la quiétude et la douceur du jour naissant, il avait le sentiment exaltant d'être béni de Dieu. « Dieu étend largement ses dons ou les restreint à qui il veut », mais, à ce moment précis, c'était surtout la suite de ce verset du Coran (le 26, sourate 13) qui l'enthousiasmait : « Ils se réjouissent de la vie sur terre mais la vie d'ici-bas ne paraîtra que comme une jouissance éphémère en comparaison de l'au-delà. »

Ce matin, Papis étrennait sa nouvelle pirogue. Il avait mis quatre mois à la tailler d'une seule pièce dans les contreforts d'une racine de fromager. En rangeant son matériel dans le fond de la yole, il n'avait pu s'empêcher de faire glisser sa main sur ce bois aussi doux et lisse que la peau d'un enfant.

Le silence était seulement troublé par le clapotis de la marée qui commençait à monter et lui intimait, comme le plus doux des rappels, de bien vouloir se dépêcher. Le grincement de la porte des W-C, à quelques mètres de là, le fit sursauter. Personne ne se levait à cette heure-là, ni les enfants ni Paul. Papis n'aperçut qu'une ombre mais, en plissant les yeux, il distingua une femme. Une femme ? Impossible, depuis deux ans que Paul vivait là, il n'était jamais rentré accompagné.

« *Kasumai* ?

— *Kasumai baré*, Papis. C'est Véro !

— Qu'est-ce que tu fais là, Véro ?

— Hier soir, après la fermeture de mon épicerie, j'ai fait mon inventaire et, un peu avant minuit, Andsoudemba, tu sais, le serveur du Régal, a frappé à la porte. Il avait retrouvé Paul allongé dans la rue.

— Allongé dans la rue ? Je me demande comment tout cela se terminera...

— Je n'en sais rien mais hier Paul était complètement défoncé. Ou totalement ivre. Et il était incapable de conduire. Andsoudemba m'a aidée, on a allongé Paul dans la benne de son Toyota et je l'ai ramené.

— Tu t'es fait une heure de brousse en pleine nuit ! T'es plus une toubab, toi ! La *teranga* façon Véro ?

— Je ne sais pas, mais je peux te dire que je l'ai payé ! J'étais trop crevée pour repartir au Cap. J'ai dormi dans sa case. Paul a beaucoup ronflé mais il a surtout parlé. C'était hallucinant ! J'ai eu l'impression qu'il racontait des trucs de droit, des trucs en rapport avec la justice. Je me demande s'il n'était pas juge avant d'atterrir ici.

— Il ne m'a jamais parlé de ce qu'il faisait avant. La seule chose qu'il m'a dite, en deux ans, c'est qu'il était bruxellois. C'est tout. Mais moi aussi, je suis sûr qu'il était dans la justice : je l'entends parler presque tous les matins, il parle de jugements, de coupables, de preuves et de plein de choses comme ça. Mais je n'ai jamais rien dit à personne. Sinon Paul serait furieux.

— Papis, tu devrais lui demander.

— Pourquoi ? C'est devenu mon ami ! S'il ne veut pas en parler, on n'en parle pas, c'est comme ça. *Amoul* problème !

— Tu as raison. Mais cette nuit, j'ai eu le temps d'y penser, je n'ai pas fermé l'œil ! S'il a vraiment été juge, Paul pourrait peut-être aider Yaya. Tu sais, la maman de la petite Georgette. Tu en as entendu parler, j'imagine ? Elle va finir par mourir, cette gosse.

— Un pêcheur du village de Cachouane m'en a parlé, oui, mais dans le coin ce n'est pas le premier cas. Je verrai bien si l'occasion se présente. *Inch Allah* ! Bon, Véro, j'y vais. Il faut que je ramène du poisson pour les enfants et un beau capitaine pour les toubabs. J'en ai quatre à nourrir ce midi. »

Véro s'avança jusqu'à la rive du *bolong* et regarda Papis s'éloigner. Assis, bien droit, ramant sans effort apparent, il avait fière allure sur sa pirogue. Véro savait qu'elle venait de faire mouche. Cet homme qui consacrait l'essentiel de son temps aux enfants – aux siens comme à ceux qu'il avait recueillis et aux gosses du village, et que tous appelaient « Fafa » – parlerait certainement à Paul. Il était resté impassible à l'évocation de la petite Georgette mais ce « Fafa aux mille enfants » luttait, depuis bien longtemps déjà, et elle le savait, contre le fatalisme africain.

« Juge ? Mais, Papis, qu'est-ce que tu racontes ?

— Paul, tu parles en dormant et les mots qui sortent de ta bouche... je jurerais que ce sont ceux d'un juge.

— Je parle en dormant ? Première nouvelle ! Et depuis quand ?

— Depuis le premier soir, Paul, depuis le premier soir ! Tu ne t'en souviens sûrement pas, tu avais avalé une demi-bouteille de whisky après le dîner, le soir de ton arrivée. Yacine faisait de la fièvre ; je me suis levé en pleine nuit pour chercher de l'eau au puits et la rafraîchir un peu. Et je t'ai entendu.

— Et tu n'as jamais rien dit ?

— Non, Paul, je respecte le silence des gens. S'ils veulent parler, je les écoute. S'ils ne veulent pas, je ne demande rien. *Amoul* problème. Et puis, un jour, ils sont prêts, *inch Allah* ! Et s'ils ont vraiment quelque chose à dire, ils le disent.

— Je ne suis pas prêt et je ne le serai jamais, alors laisse-moi, s'il te plaît.

— Tu étais comment, Paul, lorsque tu étais enfant ?

— Plus petit... Papis, tu te prends pour un psychanalyste maintenant !

— Paul, je ne t'ai jamais rien demandé. Tu le sais, je ne demande jamais rien pour moi, mais si tu étais juge, tu pourrais sûrement nous aider pour la petite Georgette.

— La petite Georgette ?

— C'est une petite fille de Kabrousse, elle n'a pas encore un an, elle est malade, elle va sûrement mourir si on ne fait rien.

— Papis, visiblement c'est un médecin qu'il lui faut, pas un juge.

— Justement, son père ne veut pas qu'elle consulte un médecin, il ne jure que par le marabout. Mais la petite va de plus en plus mal.

— Mais sa mère doit pouvoir l'emmener, c'est aussi sa fille, elle a son mot à dire.

— Pas ici, Paul. Dans l'ethnie des Mandés, ou chez les Peuls aussi, c'est le père qui décide, car lui seul a l'autorité parentale. Alors si tu as été juge, tu pourras sûrement aider Yaya, sa mère. Tu pourras trouver un moyen d'obliger le père à laisser Yaya emmener la petite Georgette à l'hôpital de Ziguinchor. Si tu ne l'aides pas, dans un mois la petite sera morte.

— Ben voyons ! Papis, tu pousses un peu, non ? Bientôt ça sera de ma faute ! Qu'est-ce que tu veux qu'un juge belge puisse faire ici, au Sénégal ?

— Je comprends, Paul, je comprends. »

Paul se leva et alla terminer sa Gazelle dans le hamac. C'en était fini, Papis le savait : dans quelques instants, et comme d'habitude, son ami s'endormirait pour cuver. Il n'était plus qu'une machine brisée, un bateau sans gouvernail.

C'est curieux, j'ai instinctivement donné mon amitié à cet homme-là. Aujourd'hui je doute, mais je n'ai pas pu me tromper à ce point. Il y a quelque chose dans son regard qui me dit qu'il a été un homme bien, un homme bon. Certains traversent la vie sans trébucher mais peut-être ne font-ils justement que la traverser sans la ressentir, sans vraiment vibrer. La déception ne peut naître que de l'espoir. Paul a peut-être trop espéré, trop demandé à la vie, et la souffrance n'en est que plus grande, insurmontable dans son cas. Oui, c'est sûrement ça, Paul devait être un homme sensible, un idéaliste. Ou alors la vie a vraiment été trop dure avec lui. Dans tous les cas, il mérite mon amitié.

Papis avala le reste de sa bière sans quitter son ami des yeux.

Ne t'inquiète pas, Paul, tu n'as vécu qu'une demi-vie, tu n'as fait que la moitié du chemin !

« Papis, j'ai l'air ridicule dans cette tenue.

— Pas du tout, Paul. C'est mon plus beau boubou. Tu es très classe, je t'assure ! Et puis tes fringues, ce n'était plus possible : on aurait dit un clochard.

— Papis, j'ai vraiment l'impression d'être déguisé.

— Et à Bruxelles, en robe de juge, tu avais quelle impression ?

— Bon d'accord, Papis, mais ici je ne représente pas la justice, je vais juste donner des conseils.

— Je te le dis franchement : je suis plus inquiet de ce que tu vas dire que de ton apparence.

— Ne t'inquiète pas, Papis, le droit c'est mon truc. *Amoul* problème, comme tu dis ! Je me gare là ?

— Non, avance encore un peu, gare-toi juste devant la terrasse du troquet de Véro. C'est mieux, on ne nous verra pas à l'intérieur. Je n'ai pas envie que Yaya ait des problèmes avec sa famille ou son mari. »

Une heure plus tard, Papis et Paul reprenaient leur place dans le Toyota. Papis portait maintenant sur son ami un regard très différent. Il avait assisté à une véritable métamorphose. L'être fébrile, qu'il ne connaissait que sous l'emprise de l'alcool ou de la drogue, avait laissé la place à un homme brillant aux multiples facettes : psychologue dans son approche, attentif aux inquiétudes de Yaya, clair dans ses explications, directif lorsqu'il le fallait. Seuls ses mains tremblantes et ses yeux injectés de sang trahissaient la présence de son autre lui-même, de celui qui, violenté par la vie, en avait perdu tous ses repères. Papis en était convaincu maintenant, la souffrance de Paul n'avait pas dévoré cette belle âme dont il avait, dès le début, soupçonné l'existence. Outre la révélation de l'autre visage de son ami, ce qui étonnait le plus Papis était sa compétence en droit sénégalais.

« Paul, dis-moi, comment connais-tu le droit sénégalais ?

— Je ne connais pas le droit sénégalais dans son ensemble mais je connais bien la partie du droit de la famille.

— Mais où l'as-tu apprise ?

— Tu te montres bien curieux aujourd'hui, mon ami !

— Paul, dis-moi !

— OK, Papis, je passe aux aveux. Dès que tu m'as parlé de la petite Georgette et de sa maman, je me suis plongé dans le droit de la famille sénégalais et j'ai bossé. Voilà tout. Rien d'extraordinaire finalement.

— Mais tu as bossé où ? Et quand ?

— Je suis allé à l'Internet Business Center du Cap et j'ai lu les principes généraux du droit de la procédure. Ensuite je me suis tapé tout le livre V qui concerne le droit de la famille.

— Au Business Center du Cap ? Le petit bureau délabré en face du rond-point ? Mais ça fonctionne, ce truc ?

— Il y a l'Internet et c'est suffisant. Il n'y a jamais personne et j'ai pu bosser tranquille.

— Et alors, qu'est-ce qu'il va arriver à Yaya ?

— On va faire ce que j'ai dit : un recours d'urgence au juge de paix de Ziguinchor. Le juge va autoriser Yaya à emmener la petite Georgette à l'hôpital. L'article 277 du droit de la famille est très clair là-dessus : c'est le père qui exerce l'autorité parentale, mais lorsque le père agit contrairement aux intérêts de l'enfant, sur demande de la mère, la décision du père, en l'occurrence son refus de l'envoyer à l'hôpital, peut être modifiée ou rapportée par le juge.

— Mais ça va prendre du temps ! Elle sera sûrement morte d'ici là !

— Non, ça va aller vite. En vertu de l'article 287, le juge va statuer par ordonnance et il peut déclarer sa décision exécutoire par provision.

— Ça veut dire quoi ?

— Ça veut dire que même si le père n'est pas d'accord, même s'il fait appel de la décision, Yaya pourra quand même emmener Georgette tout de suite à l'hôpital, sans attendre le résultat de l'appel. Ce qui m'inquiète le plus, c'est de savoir comment Yaya va payer l'hôpital.

— Il n'y a pas de souci là-dessus, c'est l'association des femmes du Cap qui va payer.

— Quelle association ?

— Tu ne te souviens pas ? Lorsque tu es arrivé, tu as discuté avec Kourra, tu sais, cette femme qui travaille chez des toubabs belges à la baie de Boucotte. Vous aviez parlé de la situation des femmes ici et tu lui avais demandé pourquoi elle ne créait pas une association pour le droit des femmes.

— Franchement, ça ne me dit rien.

— Avec tout ce que tu as bu et fumé depuis, ce n'est pas étonnant ! Tu avais même proposé qu'elle appelle cette association « Les Femmes en colère ».

— Les Femmes en colère ! Ah oui, je me souviens vaguement, maintenant.

— Et ton conseil, elle l'a suivi ! Cette femme intelligente qui a vraiment une forte personnalité, elle l'a fait : elle a créé l'association. C'est la première véritable association de Cap Skirring et je peux te dire qu'elle en fait déjà, des trucs, pour faire évoluer le droit des femmes.

— C'est hallucinant, cette histoire, lorsque j'ai dit ça, c'était presque une blague !

— Tu sais, ici les gens, les femmes surtout, ont envie que ça bouge et lorsqu'un Européen dit quelque chose, ça ne tombe pas souvent dans l'oreille d'une sourde.

— Je n'en reviens pas !

— Ben tu vois, Paul, ici, tu as déjà laissé ta trace sans même le savoir. »

« Salut, Paul ! Bien dormi ?

— Putain, Papis, tu ne frappes pas avant d'entrer ? Pourquoi tu me réveilles ?

— J'ai frappé mais tu n'as rien entendu. Tu as de la visite. Il y a la petite Georgette qui est là avec ses parents et Kourra, la présidente de l'association.

— La petite Georgette, ici ! Avec ses parents ! Mais, Papis, qu'est-ce que c'est que cette histoire ? En plus son père doit être fou furieux !

— Lève-toi, Paul, il est presque midi et ils t'attendent. Passe-toi de l'eau sur le visage et enfile ce boubou, je veux que tu aies l'air présentable.

— Papis, j'ai plus de quarante ans et tu me parles comme à un gosse, bordel ! Et puis je veux ma bière : sans ma Gazelle du matin, je ne serai bon à rien.

— Oui, je te parle comme à un gosse, et non, je n'irai pas te chercher une bière. Tu la prendras après. »

Papis ouvrit la fenêtre et la porte de la case. L'odeur âcre du haschich froid et la moiteur de cette fin juillet rendaient l'air irrespirable. Il y avait des bouteilles de whisky vides à même le sol. Papis ouvrit la fenêtre et la porte de la case. En regardant Paul se lever, Papis constata à quel point l'alcool l'avait fait grossir. Il avait pris une bonne quinzaine de kilos depuis son arrivée. Désormais, le boubou était la seule tenue seyante pour Paul...

Paul faisait face à ses visiteurs. Il ne parvenait pas à détacher ses yeux de la petite Georgette, de ce petit corps malingre qu'il avait aperçu à l'hôpital. Yaya remerciait Paul en expliquant que l'intervention avait été un succès. La hernie hiatale qu'il l'empêchait de se nourrir n'était plus qu'un mauvais souvenir. Et lorsque Mamami, le père de Georgette, prit la parole, Paul mesura vraiment l'importance de l'instant. C'était un affrontement aux dimensions insoupçonnées qui avait eu lieu, tant à huis clos que dans tout le village de Kabrousse. Le combat avait opposé tour à tour les temps modernes et les pratiques ancestrales, le juge et le chef de village, la médecine et le pouvoir des marabouts, le rôle de l'homme et celui de la femme dans l'exercice de l'autorité parentale. Paul constata que, bien qu'en désordre dans le discours de Mamami, tout était là, tous les dilemmes, toutes les contradictions et les espérances de l'évolution et de l'avenir d'un continent. Le père de Georgette termina en remerciant sa femme. Il louait de façon maladroite et touchante sa clairvoyance et son obstination. Il ajouta qu'il se tiendrait dorénavant à ses côtés et à celui du conseil de famille pour faire face à l'opprobre des vieux sages du village. Paul était encore abasourdi par la démesure entre sa modeste contribution et cet étonnant résultat, et répondit en une courte phrase dont seul Papis mesura la portée :

« C'est le plus beau jour de ma vie depuis que je suis ici. De ma vie d'ici. Ma vraie vie. »

6

Le vent soufflait en bourrasques en ce dimanche de fin novembre. Les feuilles mortes emportées par les soudaines accélérations de l'air tourbillonnaient, venant lécher les fenêtres, avant de s'amonceler sur la terrasse de la maison. C'était un ballet incessant, une danse envoûtante que Marc aurait pu contempler jusqu'à la nuit tombée. Le crépitement soudainement plus intense du feu de cheminée le fit se retourner. Charlotte, tisonnier en main, bataillait ferme avec l'écorce d'une bûche de pin. Il s'avança doucement vers elle, le vieux parquet craqua sous ses pas, elle tourna la tête, lui tendit le tisonnier et lui décocha... un sourire. Treize ans après leur rencontre, ce sourire le touchait toujours. Sa bouche s'entrouvrait, apportant une touche de blanc étincelant dans ce visage encadré par des cheveux noir de jais, ses yeux s'illuminaient et se plissaient délicatement, l'accent circonflexe de ses sourcils s'intensifiait, son visage entier s'emplissait de vie, comme pour vous souhaiter la bienvenue.

Marc attrapa le tisonnier et lui enlaça la taille. Ils restèrent ainsi plantés devant la cheminée jusqu'au moment où la petite Louise les fit presque sursauter : « Papa, maman, je ne vois plus le feu, j'aime bien voir le feu. » Oh non, ils ne l'avaient pas oubliée, leur petite Loulou. Mais elle était tellement occupée à jouer, assise sur le tapis, qu'à aucun instant ils n'avaient pensé qu'elle levait régulièrement les yeux pour regarder les flammes danser. Charlotte retourna à sa lecture sur le canapé, Marc décolla l'écorce de la bûche de pin et rejoignit Charlotte. Il prit un magazine mais son esprit vagabondait déjà.

Le bonheur, c'est aussi simple que ça. Je peux le toucher là maintenant, il m'enveloppe, il est tout autour de moi. Nous trois, là, dans cette pièce, ce feu qui crépite et dont les flammes s'étirent au gré des bourrasques de vent qui s'engouffrent dans la cheminée... C'est comme un nid douillet, une plénitude qui m'enlace, une douceur qui m'envahit. C'est étrange, pour décrire cet instant fort et doux à la fois, j'en arriverais presque à utiliser des termes qui s'opposent. Oh oui, c'est exactement ça ! Je suis groggy, groggy par le bonheur ! C'est surprenant, la plupart des gens ne savent pas le saisir lorsqu'il est là, l'attraper à pleines mains, le serrer contre eux pour éviter qu'il ne s'échappe. On dit que l'on reconnaît le bonheur au bruit qu'il fait en s'en allant. Pour le plus grand nombre, c'est exactement ça. C'est curieux que je le ressente avec cette acuité. Peut-être est-ce parce qu'il m'a déjà échappé ? C'est vrai, c'était dur, ça faisait mal. Je n'ai toujours pas bien compris ce qu'il nous est arrivé. Comment une grossesse a-t-elle pu tout bousculer à ce point ? Je ne reconnaissais plus Charlotte. Elle était froide, distante, et après l'accouchement c'était pire, je l'avais perdue, elle s'était perdue. Un chamboulement hormonal qui débouche sur une dépression ! Ça fait peur, cela fait de nous de simples machines ballottées au gré de leurs dérèglements. Mes belles théories en ont pris un coup : « L'esprit domine le corps », « Quand on veut, on peut »... tu parles ! Près de trois années d'enfer. J'étais là et je n'ai rien pu faire, je ne pouvais pas l'aider. Je ne trouvais pas les mots mais je crois qu'il n'y en avait tout simplement pas. De son côté, Charlotte ne parlait plus, elle était dans un état presque végétatif. C'était hallucinant. Son sourire ? Je crois que je ne l'ai tout simplement pas vu une seule fois en près de trois ans. Heureusement il y avait la petite Loulou, j'étais obligé de m'en occuper et ça me faisait du bien, ça me permettait de m'échapper. En fait, quand j'y pense, je ne m'en occupais pas, je m'accrochais à elle. C'est drôle, moi, je lui ai appris à marcher et elle, elle m'a permis de continuer à avancer. Heureusement tout est, presque soudainement, rentré dans l'ordre. Je ne sais ni pourquoi, ni comment. Étrange. Un peu inquiétant même...

À cet instant, comme pour se rassurer, Marc regarda tour à tour Louise et sa maman. Elles étaient près de lui, calmes et sereines.

À la quiétude des week-ends succédaient des semaines de travail chargées. Charlotte voulait rattraper le temps perdu. Elle partait le matin avant 8 heures pour rejoindre son cabinet. Marc la suivait des yeux par la fenêtre de la cuisine. Il finissait son déjeuner avec Louise avant d'aller la déposer à l'école. Il partait ensuite à son cabinet, avenue Hoche, au huitième étage de l'immeuble Carlotta. Il commençait à être connu, même si bon nombre de ses confrères lui reprochaient sa sélectivité dans le choix de ses clients. En réalité, Marc ne faisait aucune sélection, il ne prenait simplement que les dossiers dans lesquels les accusés lui semblaient innocents, ou coupables mais alors avec de sérieuses circonstances atténuantes. Il avait besoin de se sentir légitime, de soutenir une cause juste, pour bien plaider. Dans ces cas-là, il était redoutable. Marc ne mentait pas, ne trichait pas, il plaidait chaque dossier comme si c'était le dernier ou celui de son meilleur ami, et forcément les résonances des cris du cœur avaient bien souvent plus de poids que l'habileté des plus grands bonimenteurs.

Depuis deux ans maintenant, Marc était l'avocat *honoris causa* d'Enfance et partage. Il plaidait souvent pour l'association. La presse l'appelait « l'avocat des innocents » ; ça plaisait beaucoup à son cabinet, mais cela énervait copieusement le bâtonnier et la chancellerie.

Charlotte développait sa clientèle. Elle s'était associée avec son remplaçant, elle n'avait pas eu le choix après ses trois années d'absence, mais elle ne regrettait rien. Jean était un médecin compétent et un homme très agréable. Sa présence permettait à Charlotte de travailler une journée par semaine à l'hôpital du Kremlin-Bicêtre dans le service du professeur Marette, une sommité en rhumatologie. Ces heures passées à l'hôpital lui permettaient d'être informée des dernières avancées de la recherche et des protocoles en cours pour les nouvelles molécules. Les compétences de Charlotte sur les traitements à venir étaient très appréciées de ses patients et lui permettaient de donner un espoir à ceux qui étaient en échec thérapeutique. Les malades sévèrement atteints savaient que, grâce à son activité dans ce service, Charlotte pouvait les y faire admettre rapidement si nécessaire, et cela les rassurait.

Ils revenaient tous les deux à la maison un peu avant 20 heures. La jeune fille qui gardait Louise avait déjà mis la table. Charlotte se dépêchait de préparer le repas, elle tenait absolument à ce qu'ils dînent toujours tous les trois ensemble. Louise râlait un peu en disant qu'elle avait faim et qu'elle préférerait manger plus tôt et la réponse de Charlotte était toujours la même: « Oui, ma chérie, mais on est une famille, alors on dîne en même temps et puis, ta conversation nous manquerait trop ! » Elle se moquait de Loulou, que Marc et Charlotte appelaient aussi « Ventre » ; elle aimait tellement manger qu'une fois à table elle ne disait plus un mot pour mieux apprécier chaque bouchée. Elle allait avoir dix ans. C'était une enfant à la personnalité très affirmée. Elle était plutôt petite pour son âge et lorsqu'elle sonnait à l'interphone de la grille du jardin, la réponse de Marc et Charlotte était toujours la même: « Je ne vois personne, il n'y a personne ? » Louise sautait alors comme une folle pour rentrer dans le champ du visiophone. Elle était sportive, elle faisait de la gymnastique acrobatique quatre fois par semaine depuis trois ans déjà, elle prenait des cours de tennis et jouait de temps à autre avec ses parents. Marc adorait voir ce « nain de jardin » monter sans hésitation au filet. Elle faisait tellement de sport qu'elle avait sur le ventre une belle « tablette de chocolat » qui impressionnait autant son père que ses amies. Au départ, sa relation avec Marc avait été un peu difficile. Sa voix rauque de fumeur de gitanes et ses poils l'effrayaient un peu. Si elle avait dû choisir entre ses chats et son père, les deux félins l'auraient emporté haut la main ! Et puis, progressivement, Marc, sans qu'il n'utilise de moyens déloyaux, avait refait son retard puis doublé ses concurrents à quatre pattes. Maintenant, à la fin des repas, elle allait aussi souvent faire un câlin à Marc qu'à Charlotte.

Ce lundi de novembre, le temps gris du dimanche avait laissé la place à un beau ciel de traîne. Louise avait joué avec ses chats le temps que Charlotte prépare le dîner.

« Comment s'est passée ta journée, ma chérie ?

— Super. Il y a trois semaines, j'étais parvenue à faire mettre une de mes patientes atteinte d'une spondylarthrite ankylosante sous protocole à l'hôpital. On lui a administré en perfusion une nouvelle molécule anti-TNF et le résultat est hallucinant. Elle est comme ressuscitée. Elle avait des difficultés à marcher et maintenant, si tu la voyais, tu ne pourrais même pas soupçonner qu'elle est malade. C'est une satisfaction incroyable de réussir à soigner des patients qui étaient en échec thérapeutique depuis des années. Et toi ?

— Une plaidoirie au Palais, quelques heures sur un dossier d'homicide. Rien d'extraordinaire. Et aussi une femme en cours de divorce et remplie de haine qui veut attaquer le notaire de son mari en réfutant sa signature sur des donations faites à leurs enfants. Tout ça pour que le mari soit poursuivi pour complicité de faux en écriture publique. En plus elle ne voit plus ses enfants depuis trois ans.

— Mais c'est horrible, ton histoire !

— Ouais, j'aimais mieux la tienne. Toi, tu fais face à des corps malades, moi à des esprits dérangés, et nous, on n'a pas d'anti-TNF sous le pied ! »

À l'instant même où Marc finissait sa phrase, Louise se mit à éternuer sans discontinuer. Elle avait le visage rouge, les yeux larmoyants et gonflés et le nez qui coulait.

« Louise, tu as joué avec les chats ! Tu les as laissés jouer sur ton lit, je parie !

— Oui, papa, j'ai joué avec eux mais je ne les ai pas laissés longtemps dans ma chambre.

— Avec ton allergie, tu sais que tu ne dois pas faire ça ! D'ailleurs, je me demande bien d'où tu tiens ça. Dans ma famille, il n'y a personne d'allergique, dans la tienne non plus, Charlotte ?

— Non, pas que je sache.

— D'où lui vient cette nature allergique, alors ? Une allergie, c'est héréditaire, non ?

— Je n'en sais rien, je suis rhumatologue, pas allergologue ! »

Charlotte s'était soudainement levée alors que son assiette était encore pleine.

« Je ne me sens pas bien. Je monte me coucher. J'ai sans doute pris froid dimanche en revenant du footing.

— C'est vrai que tu es toute pâle d'un seul coup. Va te coucher, ma chérie, Ventre me fera la conversation. »

Marc revenait du Palais de justice. En sortant du métro George-V, il s'arrêta quelques instants pour regarder les décorations de Noël. Les arbres des Champs-Élysées portaient des illuminations en arc de cercle d'un bleu soutenu. L'intensité lumineuse était si forte que l'on ne distinguait plus le squelette des arbres, donnant ainsi l'impression que des soucoupes volantes avaient envahi l'avenue. Il acheta son journal au kiosque et alla s'installer au Do Ré Mi pour prendre une salade et un café avant de retrouver ses dossiers au bureau.

« Mais c'est l'avocat des innocents ! Marc Ludel ? Frédéric Passeneuro ! Tu te souviens ? Sciences-Po ?

— Frédéric ! Ça alors, c'est incroyable mais on ne s'est pas revus depuis...

— Depuis Sciences-Po justement. Ça fait quinze ans ! »

Frédéric était le seul ami que Marc avait eu à Sciences-Po. Il n'avait pas aimé le culte de l'élite entretenu par l'institut de la rue Saint-Guillaume. Après sa maîtrise en droit et le barreau, il était pressé d'en finir avec les études. Il avait vécu cette période comme une contrainte, un passage obligé, et avait traversé ces quelques années sans prendre le temps de créer une vie autour de l'essentiel : étudier pour avoir son diplôme le plus rapidement possible. Ils se racontèrent leurs vies. Frédéric avait un peu suivi la carrière de Marc à travers des articles de presse. Lui, il avait travaillé en banque avant de gérer des fonds pour son propre compte.

« Donc, Frédéric, tu ne t'es pas marié et tu n'as pas d'enfants ?

— Non, pour le mariage je n'ai aucun regret : la plupart de mes amis ont divorcé. Et toi, toujours marié ? J'ai vu une photo de ta femme à tes côtés il y a quelque temps dans le journal. C'était lors d'un gala de charité pour Enfance et partage. Elle est très belle !

— Je l'aime comme au premier jour. Ça me fait drôle de te dire cela à toi qui vis seul, mais je trouve ça magique. On se dit tout, on se confie tout. On ne fait qu'un en fait...

— Tu plaides, là, Marc !

— Non, je raconte.

— Il n'y a jamais eu des moments difficiles, des tensions ? La vie vous a gâtés à ce point ?

— La vie nous a mis l'un en face de l'autre mais elle ne nous a pas épargnés non plus ! Durant sa grossesse, elle est tombée malade. Et après l'accouchement c'était pire : une dépression profonde. Elle a été internée à Sainte-Anne plusieurs fois. On lui a fait des séances d'électrochocs. Horrible ! Lorsque je la ramenais à la maison, elle ne se souvenait de rien, elle ne savait plus quel jour ni quel mois nous étions. J'avais peur qu'à la sortie d'une séance elle finisse par ne plus me reconnaître. Alors, pour me rassurer, elle avait mis au point un petit truc : elle croisait l'index et le majeur de la main droite. Lorsque je venais la chercher, je regardais tout de suite. Jamais elle n'a oublié. C'était pour moi et moi seul, ça voulait dire : je t'ai reconnu, je t'aime, mon chéri. Je sais, ça peut paraître ridicule, mais c'était un signe d'espoir.

— Des électrochocs ? Comme dans *Vol au-dessus d'un nid de coucou* ? On utilise encore ces trucs barbares ?

— On utilise encore ça dans les cas de dépressions très sévères. En fait les électrochocs agressent le cerveau et pour se défendre il produit de la dopamine. C'est un neurotransmetteur, et comme la dépression est une perte de communication entre le corps du cerveau et les lobes frontaux, cela permet parfois de les rétablir. Mais les chocs électriques "nettoient" aussi le cerveau, ça explique les pertes de mémoire. Mais ce n'est plus comme dans *Vol au-dessus d'un nid de coucou* : on injecte du curare au patient avant la séance pour éviter les convulsions. »

Marc raconta ces dîners où il se retrouvait seul avec Charlotte. Une Charlotte apathique, qui ne disait rien, les yeux vides et cernés. Une femme qui n'avait qu'une hâte : retrouver sa chambre, devenue sa tanière, pour s'y recoucher et dormir le plus possible. Il évoquait son impuissance, son sentiment d'inutilité, son abattement devant ces journées sans fin, sa souffrance et sa solitude. Et puis soudainement, au bout de trois ans, sans raison apparente ni nouveau traitement, Charlotte alla mieux. Un début d'éclaircie, une lueur d'espoir. Le chemin d'une lente reconquête.

« Vous avez des enfants ?

— Oui, une petite fille de dix ans, Louise. C'est grâce à elle que j'ai surmonté cette sale période. Il fallait que je sois là pour elle.

— Vous ne vouliez qu'un enfant ?

— Écoute, c'est sûrement le bouleversement hormonal de la grossesse qui a fait sombrer Charlotte dans cette dépression. Alors je ne veux pas lui imposer à nouveau ce risque, je ne veux pas revivre ça non plus, ni le faire vivre à Louise. C'est le seul sujet dont on ne parle pas. Et puis Louise nous comble, que demander de plus ? »

Marc et Frédéric s'échangèrent leurs numéros de mobile avant de se quitter. Ils s'étaient promis de se revoir.

Marc fumait une cigarette sur la terrasse de son bureau. En ce mercredi de fin avril, il faisait si beau et si chaud que l'on se serait cru en plein été. Il regarda sa montre : 17 h 45. Louise était à la maison, Charlotte était peut-être déjà rentrée. Vingt minutes plus tard, il jetait un coup d'œil au-dessus du portillon du jardin avant d'entrer. Charlotte bêchait près des bambous. Il s'avança sans bruit sur le gazon et l'attrapa par la taille ; elle sursauta :

« Marc ! Mais qu'est-ce que tu fais là ?

— Et toi ? Tu fais des trous, des petits trous, encore des petits trous ! Mais tu n'as rien à mettre dedans ?

— J'irai samedi chez Truffaut, je prépare mes plantations, il fait tellement beau ! Si on veut vendre la maison, autant que le jardin soit agréable, ça aidera à faire oublier le bruit de la route !

— Justement, j'ai une bonne nouvelle : la banque nous accorde le prêt. On va pouvoir acheter l'appartement de la rue Lord-Byron et habiter enfin dans Paris.

— Tu as eu l'accord pour un million neuf sur vingt ans ? Génial ! »

Loulou, qui jouait avec les chats sur la terrasse de l'étage, les vit s'embrasser :

« Oh, les amoureux, je vous ai vus !

— Attends, toi ! J'arriiiiiiiive ! répondit Marc. Bon, Charlotte, dans trois semaines c'est fait. J'ai pris rendez-vous pour faire le test du sida lundi, on attend les résultats et on signe !

— Quoi ? Tu dois faire un test du sida ?

— Oui, au-dessus d'un million c'est obligatoire.

— Mais enfin... C'est scandaleux !

— C'est comme ça ! Ça changera peut-être un jour mais pour l'instant on s'en fout.

— Non, je ne suis pas d'accord ! Et puis cette maison, finalement on y est bien !

— Qu'est-ce qui t'arrive ! Ça ne va pas ? Il y a deux secondes tu te réjouissais de la vendre, cette maison. Il y a un truc qui cloche ? Ça fait des mois qu'on en parle, explique-toi !

— Ça va te paraître ridicule mais lorsque je suis allée à Haïti, j'ai vu plein de gens qui avaient le sida et en mouraient dans des conditions atroces.

— Je ne vois pas le rapport !

— Écoute, il y a six mois, un infirmier de Bicêtre s'est piqué avec une seringue et maintenant il est séropositif !

— OK, c'est horrible, mais je ne vois toujours pas le rapport !

— Si, justement ! Lorsque j'étais à Haïti, je me suis piquée plusieurs fois et la plupart du temps je ne mettais pas mes gants !

— Charlotte ! C'était il y a quinze ans maintenant !

— Oui, mais j'ai jamais fait de test depuis et je te le garantis, je suis bien placée pour le savoir, il y a des porteurs sains et même des malades qui restent parfaitement asymptomatiques pendant quinze ans.

— Et puis tu m'aurais infecté aussi et je serais porteur sain également et Louise aussi... C'est ridicule ! J'irai faire mon test lundi et *basta*. Vous les médecins, vous voyez tellement de choses que vous en devenez hypocondriaques !

— Mais, Marc, non, je...

— Alors ! Tu arrives, papa ? Je t'attends !

— Oui, ma petite Loulou, j'arriiiiiive ! »

Marc déposa un baiser sur la bouche de Charlotte et courut jusqu'à la maison sans voir que Charlotte s'était soudainement assise sur le gazon.

7

Cinq ans plus tard

Charlotte était à moitié allongée, la potence placée dans l'axe de l'épaule gauche.

« Vous vous sentez bien ? lui demanda l'infirmière.

— Je préfère avoir la perf à gauche, ça me laisse le bras droit libre pour téléphoner ou pour travailler sur mon ordinateur.

— Il y a un scratch sur l'accoudoir, vous pouvez le mettre, cela maintient le bras et évite que l'aiguille ne se désengage.

— Ah oui ! C'est pratique. Et la télécommande du fauteuil ?

— C'est une télécommande filaire mais le fil est long, vous pouvez l'utiliser avec la main gauche ou avec la droite.

— Oui, parce que deux heures trente de perfusion, c'est long ! Comme ça, je suis autonome, je peux redresser le fauteuil pour regarder la télévision ou l'allonger pour dormir. »

Charlotte appuya sur un bouton de la télécommande. Le siège s'étira, le dossier s'inclina de presque quatre-vingt-dix degrés. Elle ferma les yeux avec l'envie de se laisser aller, de lâcher prise. Elle se sentait déjà partir.

« Docteur, vous n'allez pas vous endormir maintenant ?

— Pourtant ça me ferait du bien, je suis épuisée. Je n'en peux vraiment plus.

— Oui mais il ne faut pas vous laisser aller, on doit prendre la décision maintenant. C'est urgent, le professeur attend votre accord. »

Charlotte redressa le fauteuil, arracha le scratch qui lui bloquait le bras et se leva. Elle semblait indécise.

« Qu'est-ce que vous en pensez ?

— Nous les infirmières, on est pour. Le fauteuil nous fera gagner de la place et du temps. On ne devra plus changer les draps, juste le papier.

— Oui mais ces fauteuils coûtent une fortune, c'est un gros investissement pour l'hôpital ! D'un autre côté, entre les traitements anti-TNF et les protocoles d'interleukine, on aura de plus en plus de patients à perfuser.

— Et puis, docteur, pour les patients c'est top. La preuve, ce fauteuil est tellement confortable que vous avez failli vous endormir.

— C'est vrai, mais je me suis couchée si tard hier que je me serais endormie n'importe où ! Bon, je suis d'accord ! Et avec une commande de vingt-deux fauteuils, le service achat réussira bien à faire baisser le prix... »

Ce soir-là, Charlotte ne repassa pas par son cabinet. Dans le métro, elle se rua vers la dernière place assise. Elle avait hâte d'être arrivée, de prendre un bain et de bouquiner dans le canapé. Pas question de cuisiner, chacun se ferait son plateau. Le mercredi, Louise et Marc rentraient tard du tennis et n'avaient jamais très faim.

En arrivant à l'appartement, Charlotte eut, comme à chaque fois, ce contentement qui l'avait conquise dès la première visite. Le séjour était magnifique. L'association du parquet noir et des murs blancs, l'alignement des quatre baies vitrées à petit bois anthracite, tout était du plus bel effet. Elle s'était régalée en l'aménageant. Elle avait mélangé l'intemporel – chaise longue Le Corbusier, lampe Mariano Fortuny, table basse Gae Aulenti – aux incontournables du design – chauffeuses et lit de repos Barcelona, lampe Tolomeo, banc Harry Bertoia. Passé cet instant de ravissement, elle fila se faire couler un bain.

Lorsque Marc et Louise arrivèrent à l'appartement, ils trouvèrent Charlotte endormie sur le sofa. Marc passa derrière elle sans faire le moindre bruit, se pencha au-dessus du dossier et lui déposa un petit baiser sur la bouche. Charlotte ouvrit immédiatement les yeux et enchaîna immédiatement, comme si elle se sentait coupable de s'être endormie :

« C'était bien, votre tennis ?

— Ah ! Écoute, elle joue tellement bien maintenant que j'ai un mal de chien à la battre.

— Tu sais, maman, au deuxième set papa m'a fait un service, une vraie fusée, mais quand j'ai retourné la balle, il était à genoux, sur le terrain, la bouche ouverte. Il s'était mis un coup de raquette dans les parties ! T'imagines ! Dans le genou, ça arrive, mais dans les parties… Faut vraiment un geste assez spécial, non !

— Ah, je te jure, j'ai dérouillé ! Tu peux toujours te foutre de moi, ma Loulou, en attendant je te bats encore. Je me désunis peut-être un peu mais je gagne !

— Te désunir un peu ! J'en parlerai à mon prof, se mettre un coup dans les parties en servant, je suis sûr qu'il a jamais entendu un truc pareil ! Tu es à bout, papa, cette partie, pour toi, c'était… euh… comment vous dites déjà… euh… le chant du cygne !

— Tu peux toujours te moquer, Louise, mais ton père s'est couché à 4 heures du mat' hier soir. Moi, le cygne, je le trouve plutôt en forme ! Tu n'es pas crevé, Marc ?

— Non, ça va impec !

— Comment tu fais ? Tu as presque plus d'énergie qu'il y a dix ans !

— C'est l'énergie du bonheur, de l'amour ! Ah, je vous aime toutes les deux. »

Le lendemain, Marc rentra vers 20 h 30. Charlotte était à Bordeaux pour un congrès de rhumatologie. Il fila directement vers la chambre de Louise pour la prévenir de sa présence et dîner avec elle. La chambre était vide. Elle lui avait laissé un petit mot posé sur ses cahiers encore ouverts : « Je dors chez Agathe. Bonne soirée, papounet. » Peu pressé de dîner seul, Marc s'assit sur le bord du lit et laissa son regard traîner dans la chambre. Les étagères qui bordaient le placard étaient remplies de livres d'animaux, de chats notamment. À gauche du bureau, une photo d'elle en train de déguster une glace trônait au beau milieu du pêle-mêle. Elle devait avoir quatre ou cinq ans. Son plaisir, visiblement immense, illuminait son minois et lui faisait plisser les yeux de plaisir. À droite du bureau, son chevalet croulait sous les dessins accumulés au fil des années. Entre les fenêtres, sur les étagères, au-dessus de ses classeurs de cours, les photos étaient nettement plus récentes. Il y avait la plupart de ses amies d'aujourd'hui mais également un patchwork de ses activités sportives : tennis, gymnastique, snowboard, wake... Marc avait été le spectateur admiratif de la plupart de ces instants et il les revivait avec plaisir. Il revisitait les lieux et ressentait les émotions de chaque cliché. Il serait bien resté là, sur le lit, envahi par la douce torpeur de ce voyage dans le temps, mais il fallait qu'il se fasse à dîner.

Marc se leva et, en reposant le petit mot de Louise sur le bureau, il constata que le livre ouvert sous ses yeux était celui de sciences de la vie et de la Terre. Il lui arrivait parfois d'aider Louise en mathématiques mais il n'avait pas idée de ce qu'on lui apprenait dans les autres matières. Il commença à tourner les pages et fut surpris de voir à quel point le programme avait évolué depuis son époque. Bien sûr, on retrouvait l'étude du corps humain et de la santé, mais aussi la Terre dans l'univers et les enjeux planétaires contemporains. Il s'assit sur le bord du lit et feuilleta, plus en détail, la partie consacrée à la biochimie. L'approche était moins théorique qu'en son temps, on abordait les actions moléculaires sous le prisme des activités humaines comme l'effort, le sommeil, le stress... Il mesurait à quel point les connaissances avaient évolué en trente ans. En tournant les pages, il retrouvait tout de même des schémas connus comme celui sur la compatibilité sanguine, ce tableau de correspondance des groupes sanguins entre parents et enfants. Il était O positif, Charlotte A positif et, en suivant le tableau du doigt, on trouvait le résultat. Ils pouvaient avoir des enfants de groupe A ou O avec un rhésus positif. Il se figea soudain, puis, doutant de sa mémoire, sortit de la chambre pour rejoindre le bureau. Il ouvrit le caisson de dossiers suspendus et en sortit celui marqué « État civil » ; il attrapa le livret de famille, tourna les pages rapidement.

Mais putain, il n'y a pas le groupe sanguin là-dessus !

Il laissa tomber le dossier à même le sol. Il saisit alors celui indiqué « Médical, ordonnances » et y trouva le carnet de santé de Louise. Il tourna la première page. Au-dessus du diagramme de poids, il lut : « Louise Margot Ludel, groupe B négatif ». Il chancela, posa une main sur le bureau pour retrouver son équilibre.

C'est impossible, il y a une erreur !

De retour dans la chambre, il reprit le livre de sciences. Le résultat était toujours le même : Louise aurait dû être du groupe A ou O. Mais certainement pas du groupe B. Le cerveau en tumulte, il sortit de la chambre, se mit à courir dans le couloir, monta l'escalier quatre à quatre jusqu'au bureau. Il sortit l'ordinateur de son cartable et vérifia sur Wikipédia. Il y avait forcément une erreur. Le tableau du livre était faux, c'était sûr ! Mais le schéma qui s'afficha sous ses yeux se révéla en tout point identique.

Les groupes sanguins ne correspondent pas ! C'est dingue !

Marc s'interrogea sur les possibilités d'une anomalie biologique ou d'une inversion de bébé à la maternité. L'anomalie, les médecins l'auraient immédiatement identifiée. L'inversion de bébé, oui, il y avait déjà eu des cas mais... il était là ! Il avait assisté à l'accouchement. C'est lui qui avait mis à Louise son petit bracelet nominal. Et puis Louise était un tout petit bébé, tout juste quarante-six centimètres à la naissance. Il saisit le carnet de santé resté ouvert sur le bureau et regarda la courbe de croissance. Elle démarrait bien à quarante-six centimètres et il n'y avait pas d'accroissement soudain de la taille dans les jours qui suivaient la naissance. Il aurait fallu une inversion entre deux bébés de même taille... Non, ce n'était pas possible, il l'avait bien regardée dans la salle d'accouchement. Dès le début il avait comparé cette tête tout allongée à un bus avec toutes les commandes regroupées à l'avant. Il aurait forcément vu la différence. Et puis Marc se souvint, en s'enfonçant progressivement dans le canapé, qu'il y avait la trace de la ventouse sur le crâne de Louise. Il s'en était inquiété auprès de la sage-femme qui l'avait rassuré sur la souplesse de la boîte crânienne à la naissance mais néanmoins, chaque jour, lors de ses visites, il avait appuyé discrètement avec ses pouces sur les contours de ce cerclage qu'il avait vu progressivement disparaître.

Louise n'est pas ma fille, Charlotte m'a trompé ! Non, non, ce n'est pas possible, pas Charlotte. C'est forcément une erreur sur le carnet de santé.

Il saisit à nouveau le dossier « Médical, ordonnances » et y trouva deux analyses de sang de Louise : B négatif.

Je ne peux pas y croire, pas elle, pas nous... Mais j'en ai la preuve vivante tous les jours sous les yeux : c'est Louise !

Il remontait dans le temps, il détricotait méticuleusement leurs vies, jour après jour. Mais rien, il ne trouvait rien, pas une phrase, pas un mot, pas le moindre indice. Ou alors... Charlotte avait sa vie professionnelle. Avec son associé ? À l'hôpital ? Pendant les congrès de rhumatologie ? Marc découvrait que les occasions d'avoir une aventure ne manquaient pas. Une aventure ? Ou pire que ça ! Sa dépression... ça expliquerait tout ! Si Charlotte était amoureuse d'un autre, enceinte d'un autre, il y avait de quoi perdre complètement pied !

Harcelé de questions sans réponses, il perdait tous ses repères. Son monde s'écroulait. Soudainement, il ne restait plus rien ! Dans cette vie dont il voyait essentiellement, de par son métier, le plus mauvais côté du genre humain, Charlotte et Louise étaient sa source de réconfort. À elles deux, elles rééquilibraient la bestialité de certains, l'individualisme des autres et les réactions brutales d'une société dans laquelle, sans elles, il n'aurait sûrement pas trouvé sa place. Mais aujourd'hui, la seule vérité, celle de son passé, de celui qu'il avait cru vivre avec elles, n'était plus. Sa vie avait disparu. Il fallait faire le deuil de tout, repartir et essayer de rebâtir une existence sur ces décombres. Trouver une autre raison de vivre ? Non, il ne s'en sentait pas la force.

Au petit matin, Marc quitta l'appartement, il ne savait pas où aller, il voulait juste ne plus être là, chez lui. Chez eux. Il n'avait pas à poser de questions à Charlotte puisqu'elle n'avait pas jugé bon de lui en parler. Elle avait menti. Elle avait triché pendant quinze ans. Il ne voulait surtout pas entendre ses réponses, aucune ne pouvait être bonne. On ne justifie pas l'inqualifiable. Il refusait d'affronter la réalité, il aurait préféré rester dans l'illusion puisque c'en était une. Il aurait voulu revenir en arrière, que Louise ait été là, qu'ils aient dîné ensemble... Vivre sans savoir.

Marc erra toute la journée au volant de sa voiture. Il roula sans but, sans destination. Kilomètre après kilomètre, son esprit le ramenait vers ce destin que la vie lui imposait. Elle l'avait fait tel qu'il était : idéaliste et fragile ; puis elle avait mis sur son chemin le pire des cauchemars. Une confrontation des extrêmes, un combat de l'impossible. Le cauchemar était bien là. Et il ne parvenait pas à l'affronter. Autant tout changer. Ou en finir.

Désormais, il savait où il allait. Épuisé, dans un état second, il mit son plan à exécution avec une parfaite minutie. Il s'arrêta dans une station-service pour acheter deux paires de câbles de batterie. Quelques kilomètres plus loin, à la sortie de Magny-en-Vexin, il s'arrêta au bord de la route et sillonna le champ tout proche à la recherche de pierres, qu'il déposa ensuite dans sa voiture. Il s'installa à nouveau au volant, ouvrit son cartable, en sortit un stylo et des feuilles de papier. La nuit était déjà tombée et il écrivait à la lueur du plafonnier. Il noircissait des pages qu'il chiffonnait ensuite et jetait dans son cartable encore ouvert. Il pensait à Charlotte et à Louise… et les larmes coulaient sur ses joues. Il passa des heures à chercher les mots, ceux qui auraient expliqué la situation, mais il ne les trouvait pas. Puis il se remit en route. À 1 heure du matin, il arriva sur le pont de Bezons qui enjambe la Seine. L'endroit était désert, comme il l'avait prévu. Il descendit, s'avança vers le parapet et se pencha. Le pont était haut, le courant très fort, exactement comme il s'en souvenait. Soudain, il entendit un scooter. Le conducteur, intrigué, s'arrêta.

« Vous cherchez quelque chose, m'sieur ?

— Non, merci. Je me sentais pas bien, j'avais envie de vomir mais là ça va déjà mieux. »

Le scooter reprit son chemin. Marc s'installa dans sa voiture, côté passager. Il attrapa les pierres et les déposa dans son cartable. Leur poids écrasait les feuilles chiffonnées. Il retira sa veste, serra les pinces des câbles de batterie et fit passer les fils dans ses manches. Il prit la seconde paire de câbles, l'enroula autour de ses chevilles et fit un nœud. Il enfila sa veste en faisant passer le fil dans son dos. Il attrapa son cartable lesté de pierres et noua, autour de la poignée, les pinces des câbles qui dépassaient des manches. Il ouvrit la porte de la voiture et bascula ses deux jambes au-dehors. À cet instant, il réalisa qu'il aurait du mal à franchir les trois mètres le séparant du parapet. Il jeta un coup d'œil pour vérifier qu'aucune voiture ne s'engageait sur le pont puis il sautilla. Arrivé au muret, il souleva son cartable, le passa par-dessus le garde-fou et bascula dans le vide. Sans un cri, sans un bruit.

8

Paul était assis à la terrasse de la Cabane Bambou. Il déjeunait avec Léon, comme chaque jour de la semaine depuis plus d'un mois. En ce vendredi, la rue principale du Cap grouillait de monde. Les couleurs chatoyantes des pagnes des femmes, leurs coiffures extravagantes, les senteurs des épices, les scènes de marchandage autour des stands de vêtements typiques et d'artisanat créaient une atmosphère unique. C'était l'heure du retour des pêcheurs. Des groupes de femmes remontaient le bas-côté de la rue en file indienne, enveloppées dans leurs boubous colorés. Elles marchaient d'un pas alerte, le corps souple et ondulant mais le cou tendu et la tête droite pour tenir, parfaitement immobiles, les paniers d'où dépassaient queues et têtes de poissons. Elles avaient fière allure, leurs regards fixés sur l'horizon.

« *Kasumai*, monsieur le juge.

— *Kasumai baré*, Haram. Fais-moi plaisir, Haram, appelle-moi Paul, comme avant.

— D'accord, monsieur Paul. À bientôt ! »

« Bonjour, monsieur Paul.

— Bonjour, Yaya, tu vas bien ?

— Oh oui ! Il y a eu une belle pêche aujourd'hui, monsieur Paul !

— C'est Paul, Yaya, pas monsieur Paul ! »

« Ça m'agace, Léon, maintenant tout le monde m'appelle monsieur le juge ou monsieur Paul.

— Eh oui, mon ami, tu es devenu une vedette. Ils marquent leur respect. Tu ne te rends pas compte mais ce que tu as fait pour la petite Georgette ou pour l'association Une femme, un toit lors de l'acquisition de leur terrain, pour eux c'est énorme. Ici, il n'y a personne pour les conseiller, pour les aider dans leurs démarches, comme tu le fais depuis des mois. L'État se développe, le droit et la réglementation aussi. Alors, pour les gens de Dakar, pas de problème, ils peuvent se faire conseiller… mais ici on est un peu au bout du monde.

— Un autre café, Léon ?

— Non merci, Paul.

— On retourne au bureau. Je vais régler.

— Non, Paul ! C'est moi qui paie. Et je vais payer encore un bout de temps, mon ami. Je te dois bien ça, l'aide que tu m'as apportée pour ma négociation avec la compagnie d'assurances… Je dois avoir le meilleur contrat d'agent de toute la Casamance.

— OK, Léon, mais tu ne me fais déjà rien payer pour le bureau.

— Mon ami ! Tu reçois des gens d'ici pour les conseiller, tu ne leur demandes rien, et moi, je te prendrais un loyer ? Et en plus ça m'amène une nouvelle clientèle.

— Bon, on y va ?

— Pourquoi ? Il est quelle heure ?

— 14 heures et j'ai une cliente qui doit déjà m'attendre. Son mari est décédé, il avait quatre femmes. Elle voudrait savoir ce à quoi elle a droit dans la succession. Il y a trois *aceb*, c'est une famille gigantesque. Je ne te dis pas le bordel...

— Mon ami ! Tu es pressé ? Vous les Européens, vous avez toujours l'heure mais vous n'avez jamais le temps ! »

Léon se leva doucement et s'avança d'un pas lent vers le bar. Paul le suivit du regard. La taille et la corpulence de Léon l'étonnaient toujours. L'effet était encore sérieusement amplifié par les boubous de couleurs vives qu'il s'acharnait à porter. Lorsqu'on le croisait dans la rue, on ne pouvait pas le manquer : on ne voyait que lui, il était la moitié de l'Afrique à lui seul. C'était une chance pour Léon, car on ne le trouvait jamais à son bureau : il passait son temps à déambuler dans la rue, discutant avec les uns et les autres. Et puis, d'un seul coup, au passage d'une mobylette ou d'une voiture, il hélait son conducteur : « Oh mon ami ! Ton assurance est à échéance, il faut que tu passes à mon bureau ! » Léon était toujours de bonne humeur. Lorsqu'il éclatait de rire, il basculait la tête en arrière, ouvrait sa bouche immense qui dégageait ses dents d'un blanc étincelant. Et puis ce rire fort, grave... On s'attendait à sentir la terre trembler ! Paul s'étonnait toujours de voir traîner sur le bureau de Léon des dossiers de nouveaux clients qui auraient déjà dû être transmis à la compagnie.

« S'il y a un sinistre, la compagnie ne remboursera pas !

— Oh mon ami ! Il n'y aura pas de sinistre, *inch Allah* ! Ici on se débrouille, on s'arrange, et puis j'enverrai les dossiers la semaine prochaine. *Amoul* problème. »

Paul se rendait compte, maintenant qu'il était sorti de l'enfer, que Léon était, comme les habitants du Cap, habité par un mélange de *teranga* sénégalaise et d'insouciance africaine.

En quittant le bureau ce soir-là, au volant de son pick-up, Paul était encore dans les méandres du droit de la famille sénégalais dans lesquels sa première cliente de l'après-midi l'avait plongé. Le droit de succession, d'inspiration française, intégrait des chapitres spécifiques qui s'appliquaient uniquement aux citoyens de confession musulmane. Pour Paul, c'était des antonymes : un « citoyen » était par essence laïque. « Citoyen de confession musulmane », quelle étonnante association ! Le tout créait ensuite un curieux mélange entre la primauté des hommes, notamment des *aceb* de lignée pure, mais aussi des collatéraux ou des ascendants mâles, toujours au détriment des descendantes ou des épouses. Le droit avait voulu respecter « la loi religieuse » tout en protégeant les femmes *a minima*. Un huitième ! Même si le défunt avait quatre épouses, elles n'avaient droit qu'à un huitième en tout et pour tout. C'était mieux que rien, mais ici c'était souvent proche de rien. Paul traversa le village de Boucotte. Une nuée d'enfants jaillit du bord de la route et lui fit signe. Il s'arrêta et en l'espace d'une seconde sa voiture fut envahie par une quinzaine de jeunes. C'était une équipe de foot improvisée qui allait rencontrer celle de Djembering, un village six kilomètres plus au nord. Il y avait des enfants partout, jusque dans la benne du pick-up. La voiture tout entière s'était mise à piailler et à rire. Pleine de vie, elle était devenue... africaine !

En les déposant et alors qu'ils le remerciaient, Paul avait le sourire mais au fond de lui il mesurait, plus encore qu'au cours de ces dernières semaines, l'affront qu'il avait fait à la *teranga* sénégalaise en ne s'arrêtant pas pendant deux ans et demi ! Il se réconforta en pensant que, pendant cette période où il était sous l'emprise de tous les stupéfiants du pays, son éventuel taxi de brousse aurait aisément pu se transformer... en un corbillard géant !

Paul dîna chez Papis, mais pas seul à sa petite table habituelle. Il accepta l'invitation d'un couple allemand, des passionnés d'ornithologie qui louaient la case jouxtant la sienne. Ils lui parlèrent de tout et Paul de presque rien. Il écoutait attentivement ce qu'ils racontaient sur leur pays, la chancelière, l'évolution de l'Union européenne... Lorsqu'ils interrogèrent Paul sur sa vie en Europe, Papis dressa l'oreille.

« Maintenant ma vie... euh, enfin, je vis ici, je ne suis pas prêt pour retourner vivre parmi les loups, je n'ai rien à retrouver là-bas. »

La réponse surprit ses interlocuteurs mais Papis releva le « je ne suis pas prêt » comme un point presque positif. Paul sentit la gêne du couple et embraya immédiatement sur la vie sénégalaise en se montrant prolixe. Papis nota à quel point Paul s'exprimait bien et parlait avec passion du Sénégal, et plus particulièrement de la Casamance. En fin de repas, Papis proposa un petit digestif à base de vin de palme. Les Allemands acceptèrent avec le sourire.

« Pas pour moi, Papis.

— Je sais bien, Paul, je sais bien. »

Le lendemain matin, Paul se leva à l'aube. En enfilant sa paire de baskets achetée au Cap trois mois auparavant, il constata qu'elles étaient déjà déformées. Il courut pendant plus de vingt minutes dans les chemins sablonneux qui serpentaient dans la savane. Le weekend, il s'obligeait à courir jusqu'à l'océan. Souffrant toujours dans les derniers kilomètres, il se concentrait sur les bruits de la faune africaine qui s'ébrouait au soleil levant. Arrivé sur la plage, il regarda sa montre : il avait encore gagné deux minutes sur son temps du dimanche précédent. Il s'avança jusqu'à l'océan. La plage immense, sans âme qui vive, s'étirait à perte de vue. À quelques encablures, au nord, l'embouchure du fleuve Casamance puis la Gambie. De l'autre côté, la Guinée-Bissau. En Toyota, il lui aurait fallu moins d'une demi-heure pour franchir, sans s'en rendre compte, deux frontières... en croisant seulement quelques vaches égarées ! Il avait repris son souffle et s'assit quelques instants pour laisser la brise de l'océan le rafraîchir et... profiter du spectacle ! Ce sable blanc immaculé, bordé par une coulée de végétation dans laquelle s'étiraient, de-ci de-là, quelques cocotiers... C'était magnifique. Même l'océan Atlantique, réputé si rageur, se déroulait ici en douceur pour venir lécher délicatement ce rivage luxuriant.

De retour chez Papis, Paul tira quelques seaux d'eau du puits et prit sa douche. En sortant, il le croisa et lui dit d'un ton moqueur :

« Salut, Papis, déjà debout ?

— Salut, Paul. Eh ben dis donc, tu as au moins perdu dix kilos en trois mois ! Avant tu faisais soixante ans, maintenant tu en fais cinquante ! Encore deux ou trois ans d'efforts et tu finiras bien par faire ton âge !

— Merci pour tes encouragements, Papis. Dis, tu sais où est Yacine ?

— Elle joue sur la rive du *bolong*, pourquoi ?

— Je voudrais l'emmener à l'île aux oiseaux ce matin. Tu me passes ta pirogue ?

— Oui mais sans le moteur. Il faut que tu fasses encore du muscle !

— OK. Et comme je ne suis pas rancunier, en fin de journée, lorsque j'aurai fini d'aider Yacine à faire ses devoirs, je ferai encore du muscle en t'aidant à faire ta deuxième terrasse, alors que tu n'arrives même pas à remplir la première, qui n'a pourtant que six places ! OK, monsieur l'entrepreneur ?

— D'accord, monsieur le juge ! »

Une demi-heure plus tard, Paul approchait de l'île aux oiseaux. Il avait navigué au plus près de la mangrove, à l'ombre de la végétation. Il en avait profité pour couper quelques racines-échasses recouvertes d'huîtres de palétuviers qu'il dégusterait chez Papis après les avoir cuites au feu de bois. La petite Yacine était assise en face de lui, bien au fond de la pirogue. La casquette de Paul lui mangeait la moitié du visage.

« Attention, moussaillon, plus un bruit ! Je vais ramer un peu plus fort puis nous nous laisserons glisser doucement vers le bord de l'île, et là, ouvre grands les yeux, ma chérie. On va voir les plus beaux oiseaux du monde !

— Tu crois qu'on verra des aigles, oncle Paul ? Ils sont si grands et si noirs qu'ils me font peur.

— Ne crains rien, ma belle, il y en a tellement peu ! Mais retourne-toi et regarde à 13 heures ! Je vois un héron goliath.

— C'est où, 13 heures ?

— Regarde la montre que je t'ai offerte : imagine l'aiguille sur le un et regarde dans cette direction. Tu ne peux pas le rater, Yacine, il est énorme, c'est un goliath !

— Oh oui, je le vois ! Il a un grand cou mais il est tout noir, j'aime mieux avec des couleurs.

— Tiens, là ! Au bout de mon doigt, sur le bord de l'eau, une échasse blanche. Tu vois, sa tête est toute blanche. Regarde ! Ses pattes sont gigantesques. Elle marche tout doucement, en les remontant sous elle, comme si elle ne voulait pas se les mouiller. Et regarde, derrière elle, un martin-pêcheur. Tu le reconnais ?

— Oui, le martin-pêcheur, je le reconnais à chaque fois.

— Je vais m'approcher des arbres du bord, et là il faut bien regarder, ils sont plus petits mais ils sont pleins de couleurs.

— Oh, tonton Paul ! Là, j'en vois un tout petit sur le sol, il est marron et rouge.

— Je crois que c'est un amarante. Tiens, regarde sur l'arbre à gauche, je vois un souimanga. Oui, c'est ça ! Son dos est bleu et vert.

— Un souimanga, tonton Paul, je ne le vois pas ! Il est où ? »

À cet instant, Paul installa Yacine entre ses jambes. Avec sa main droite, il lui tournait la tête dans la bonne direction et avec le bras gauche il pointait l'oiseau. Yacine, afin de bien suivre les indications de Paul, depuis le haut de son épaule jusqu'au bout de son doigt, s'était serrée contre lui. Il lui montra des cordons bleus à joues rouges, des rolliers d'Abyssinie, un engoulevent musicien. Le clou du spectacle fut une frégate superbe et un rossignol philomèle. Plus que les couleurs magnifiques de ces deux oiseaux, ce furent les explications de Paul sur leurs parades nuptiales qui fascinèrent Yacine. Une frégate superbe mâle, pour attirer le regard de la femelle, était capable de doubler de volume en faisant gonfler son sac gulaire rouge vif. Le rossignol philomèle, lui, pouvait enchaîner plus de deux cents séquences de chants mélodieux différents pour charmer sa belle...

Sur le chemin du retour, la légère brise qui s'était levée s'unissait aux efforts de Paul et la pirogue glissait rapidement sur l'eau. Yacine avait posé sa tête dans le creux de l'épaule droite de Paul.

« J'ai faim, tonton Paul.

— On sera là-bas dans quinze minutes et Fafa aura sûrement préparé un bon poisson.

— Dis, tonton Paul, comment tu sais tout ça sur les oiseaux ?

— Avant je ne savais rien des oiseaux. Tu sais, j'apprends comme toi. Mais pas à l'école, sur Internet. Un jour je t'emmènerai au bureau pour te montrer. Tu verras, il y a les photos de tous les oiseaux.

— Tu n'as plus d'araignées dans le plafond, tonton Paul ?

— Des araignées dans le plafond ?

— Oui, c'est Fafa qui m'avait dit ça.

— Ah, ah ! Je comprends ce qu'il voulait dire. C'est vrai, j'étais malade mais je ne le suis plus.

— Tu es allé voir le marabout ?

— Non, Yacine, c'est ta gentillesse, celle de Fafa et de tous les gens d'ici qui m'ont soigné.

— C'était quoi, ta maladie ?

— Comment t'expliquer ? C'est un peu comme les aigles. Tu imagines un aigle énorme et tout noir qui planerait toujours au-dessus de toi ? Eh bien, il planait au-dessus de moi en permanence et lorsque je ne le voyais plus, je remarquais son ombre sur le sol. Maintenant j'ai réussi à l'éloigner mais j'ai toujours peur qu'il revienne. En réalité, je ne suis pas complètement guéri, je vis à nouveau, je retrouve de l'intérêt aux choses. La vie est revenue grâce à Fafa, qui m'a aidé pendant plus de deux ans. Ma vie n'avait plus de sens, mon existence était inutile et grâce à lui j'ai découvert qu'ici je pouvais aider les autres. On se perd seul, parfois à cause des autres, mais on se retrouve toujours grâce aux autres. Maintenant, lorsque je vois le sourire de ceux que j'aide, c'est comme si je prenais un médicament. Comme si je chassais l'aigle un peu plus loin encore. »

Yacine ne bougeait plus. Elle s'était endormie dans ses bras.

C'était le dernier jour de classe avant les vacances de Noël. Paul était à la fête de l'école, invité par des parents. La moitié du village du Cap avait prêté main-forte à Bijou, la maîtresse des maternelles, pour organiser ce Noël sous le soleil. Une gigantesque estrade, bordée de sapins parfaitement décorés et plantés à même le sable, avait été installée devant la porte de l'école. Le bâtiment servirait de coulisses et les enfants entreraient au milieu de la scène en se glissant entre les deux voiles de tissu tendus sur la façade. En lever de rideau, une trentaine d'enfants de moyenne section de maternelle, emmenés par Bijou, envahirent l'estrade. Tous chantèrent, heureux et fiers, l'hymne national sénégalais sous les applaudissements du public. Les interprètes suivants avaient quatre ans et demi. Un petit sketch, micro en main, leur permit de se présenter les uns les autres. Ensemble ils crièrent leurs mots de fin : « On a bien travaillé pour rendre nos parents heureux et fiers. » Les saynètes minutieusement préparées étaient entrecoupées de danses endiablées, réalisées par les élèves de grande section, qui entraînaient leurs parents. Les corps se tortillaient au rythme des djembés et des percussions. À la fin du spectacle, le Père Noël fit son apparition sur le toit de l'école et distribua un cadeau à chacun, dans un brouhaha de cris de joie qui couvrirent le timbre des peaux de chèvre martelées par les mains des musiciens.

Paul vit en cette fête bien plus que la célébration de la simple naissance du Christ. L'énergie de ces enfants soutenue par celle de leurs parents, leur soif d'apprendre et leur fierté d'être sénégalais constituaient des bases solides sur lesquelles s'appuierait dorénavant le rêve africain. Il était là, à portée de main, et tous se tournaient maintenant vers lui avec confiance. Sur les murs, l'inscription « travail + discipline = réussite » montrait la prise de conscience et le chemin choisi. L'avenir d'un peuple était en marche.

Paul se rendit ensuite au bureau. Il voulait se pencher sur le cas urgent d'une Sénégalaise dont le mari avait disparu depuis quatre mois. Cette disparition posait la question de ses droits à agir, tant au regard de l'autorité parentale que dans l'exercice de ses actes de la vie courante. Moins d'une demi-heure plus tard, Paul sortait précipitamment du bureau. Il croisa Léon qui venait le chercher pour aller déjeuner.

« Salut, mon ami ! Comment tu vas ?

— Léon, je suis désolé mais je ne peux pas déjeuner avec toi, je dois rentrer en Europe !

— En Europe ? Mais, Paul, je croyais que ta vie était ici maintenant et que...

— Oui, mais je viens de découvrir quelque chose sur Internet. Je n'ai pas le temps de t'expliquer. Il faut que je trouve un avion pour rentrer. Tout de suite.

— Mais il n'y a pas d'avion depuis le Cap. Il n'y a que celui affrété par le village du Club Med !

— Tu connais quelqu'un au Club ?

— Oui, Paul, mais...

— Fais-moi plaisir, Léon, trouve-moi une place.

— Mais ce que je voulais dire, c'est que l'avion du Club, c'est le samedi, c'est aujourd'hui ! Il décolle dans moins de trois heures !

— OK, Léon. J'ai juste le temps de faire l'aller et retour jusque chez Papis pour prendre mes affaires et lui dire au revoir. On se retrouve à l'aéroport. »

Le Toyota fila à vive allure et rebondit violemment sur les deux gendarmes couchés de la rue principale du Cap. Il fit ensuite de grosses embardées sur les pistes sablonneuses des abords de Cachouane. Une fois sur place, Paul courut jusqu'à sa case et entassa quelques affaires dans sa vieille valise. Puis il rejoignit la grande hutte.

« Papis, Papis !

— Qu'est-ce qui se passe, Paul ? Je suis ici ! Dans la cuisine.

— Je m'en vais !

— Tu retournes au Cap ?

— Non, je rentre en Europe, maintenant, tout de suite.

— Mais il n'y a pas d'avion ! Et qu'est-ce que tu vas faire en Europe ?

— Léon me cherche une place sur l'avion du Club Med. Je ne veux pas prendre le risque de perdre une semaine de plus. J'ai peut-être une chance, je ne sais pas, c'est comme une intuition. Je n'ai pas le temps de t'expliquer. Viens que je t'embrasse. »

Il serra Papis contre lui.

« Je te dois tout, mon frère. Sans toi je ne serais que cette vieille épave qui a débarqué ici et j'aurais fini par en crever. Je vais tenter de rebâtir une autre vie maintenant. Si j'y parviens, je te la devrai.

— Paul ! Tu reviendras ?

— Je te le promets, Papis. Ce soir, fais un énorme câlin à Yacine de ma part. »

Paul lâcha Papis puis attrapa sa valise, courut jusqu'au Toyota et la balança dans la benne du pick-up.

Paul regardait par le hublot. L'avion survola d'abord le littoral puis bifurqua presque à la verticale de l'embouchure du fleuve Casamance : un spectacle magnifique ! Mais l'esprit de Paul était ailleurs. Le contraste entre la brutalité de sa décision, la facilité de l'organisation de ce départ, alors qu'il avait longtemps cru qu'il finirait ses jours dans ce bout du monde, et le tumulte qui l'habitait, l'inconnu vers lequel il s'envolait, était saisissant. Il partait vite, facilement, mais vers une vie qui n'existait pas, un destin dont il ne savait rien.

9

Samedi 18 novembre, 9 h 18.
Commissariat du 8ᵉ arrondissement

« Mais, monsieur l'inspecteur, je n'ai aucune nouvelle de mon mari depuis hier. Ce n'est pas un ado qui aurait fait une fugue !

— Madame Ludel, je comprends votre angoisse : votre mari aurait dû rentrer hier soir et il ne l'a pas fait. C'est inquiétant, on est d'accord, mais on ne va pas imaginer le pire tout de suite !

— Il n'a pas mis les pieds au bureau de toute la journée d'hier et son téléphone ne répond plus depuis plus de vingt-quatre heures !

— Je sais, madame Ludel, vous m'avez déjà dit ça et je l'ai noté.

— Vous me dites que vous n'allez pas lancer les recherches tout de suite, que le délai est trop court. Si ça se trouve, il est en danger et chaque minute compte !

— Ce n'est pas ce que je vous ai dit. Je ne vais pas déclencher d'avis de recherche mais nous allons démarrer notre travail immédiatement. Je vais faire appeler les hôpitaux pour voir s'il n'a pas eu d'accident et l'immatriculation de sa voiture sera insérée dans le fichier des véhicules recherchés. Pour vingt-quatre heures d'absence, il est difficile d'aller plus loin.

— Oui mais, dans le cas de mon mari, une disparition de vingt-quatre heures, c'est forcément qu'il lui est arrivé quelque chose !

— Madame Ludel, ce n'est pas une disparition, c'est une absence ! Que voulez-vous que je fasse de plus ? On ne va pas déclencher le plan ORSEC ! Il y a des dizaines de raisons possibles à cette absence. Une incartade conjugale, une urgence de travail, un problème de famille, de santé, une mauvaise nouvelle qu'il veut régler avant de vous appeler... Là, je ne vous cite que quelques exemples logiques ; à cela il faut ajouter toutes les bizarreries des comportements humains et, croyez-moi, en vingt ans de carrière, j'en ai vu.

— Une incartade conjugale ! Avec mon mari, nous avons une relation fusionnelle depuis dix-neuf ans. Et puis ce n'est pas du tout son genre...

— Madame Ludel ! Il n'y a pas du tout de genre en la matière, croyez-moi ! Et puis votre mari est parti avec sa voiture, il allait bien quelque part ! Bon, je vais lancer mes recherches et je vous tiens au courant et, quoi qu'il en soit, je vous appelle lundi dans la matinée. Pour l'instant n'en parlez pas à votre fille, ça ne sert à rien de l'inquiéter.

— Ma fille Louise est chez mes parents ce week-end.

— Rentrez chez vous et dormez si vous le pouvez. Vous n'avez pas dormi depuis hier et ça n'aide pas à avoir les idées claires ni à faire face à la situation. »

L'inspecteur Barnes resta quelques secondes à la porte de son bureau et regarda Charlotte s'éloigner dans le couloir.

C'est vraiment une belle femme mais cela ne change rien à la chose, il y a toutes les chances du monde, relation fusionnelle ou pas, que son mari soit tout simplement allé voir ailleurs. Ah, la nature humaine !

Lundi 20 novembre, 11 h 28

Le téléphone de Charlotte sonna. Immédiatement elle regarda l'écran, vit affiché « police » et décrocha aussitôt.

« Bonjour, madame Ludel, c'est l'inspecteur Barnes. J'ai retrouvé la voiture de votre mari. Il ne vous a pas appelée ?

— Il a eu un accident ? Il est blessé ?

— Non, pas du tout : sa voiture est simplement à la fourrière.

— À la fourrière ?

— Oui. Je n'en sais pas plus, je vais m'y rendre.

— Je viens avec vous.

— Oui, c'est mieux, si on veut ressortir le véhicule, il faudra que vous soyez là. Vous avez un double des clés et la carte grise ou une copie ?

— Oui, j'ai tout ça.

— Je passe vous prendre à votre cabinet dans un quart d'heure.

— Je suis chez moi, je ne suis pas allée au cabinet ce matin.

— Bien, je passe vous prendre chez vous. »

Lundi 20 novembre, 11 h 50.
Devant le 1, rue Lord-Byron

« Madame Ludel, montez, je vous prie.

— Inspecteur, pourquoi sa voiture est-elle à la fourrière ?

— Je ne sais pas, je n'ai pas encore eu le PV de l'OPJ mais on verra ça sur le formulaire d'enlèvement. Il s'est peut-être mal garé et c'est tout.

— Mais, inspecteur, qu'est-ce que vous faites ? Il ne faut pas prendre l'avenue de la Grande-Armée ! La fourrière est avenue Foch !

— La voiture est à la fourrière de Nanterre.

— Mais pourquoi ?

— Parce qu'elle a été trouvée dans ce secteur. »

Lundi 20 novembre, 12 h 25.
Fourrière de Nanterre

« Sur le formulaire d'enlèvement, il est indiqué que la voiture a été enlevée samedi dernier à 8 h 48 sur le pont de Bezons. Ça ressemble à un vol avec abandon du véhicule ; dans le secteur de Bezons, il y a pas mal de malfrats et faire un tour en BMW, ils aiment ça ! »

Barnes s'approcha du véhicule.

« C'est curieux, il n'y a aucune trace d'effraction, *a priori* les serrures n'ont pas été forcées. Votre mari aurait donné les clés ou alors c'est un cas de car-jacking, il y en a de plus en plus. »

Charlotte était tétanisée. L'inspecteur ouvrit la porte de la voiture.

« Il y a une feuille de papier sur le siège passager. C'est un mot ! Mes collègues de Bezons ne sont même pas rentrés dans la voiture, aucun respect de la procédure ! "J'ai vécu un rêve et je n'ai pas eu la force de le voir disparaître." Une phrase énigmatique... Vérifier les empreintes sur la feuille ne sera pas inutile. »

Barnes laissa la feuille sur le siège, il la mettrait dans un plastique protecteur, il en avait dans sa voiture. Il s'extirpa du véhicule et se trouva nez à nez avec Charlotte, immobile et livide.

« Madame Ludel... euh... je prends toutes les précautions, c'est mon métier.

— Le pont de Bezons, la Seine... Il s'est suicidé, c'est ça ? »

Charlotte pleurait.

« Non ! Enfin... Je ne sais pas. Nous sommes peut-être dans l'irrationnel, dans les bizarreries des comportements humains dont je vous ai parlé. Vous savez, tout est encore possible. »

Charlotte vacillait. Barnes l'aida à rejoindre sa voiture de fonction. Il l'installa sur le siège passager. Il ne cessait de lui parler mais elle n'écoutait plus. Il la confia quelques instants à l'un des préposés de la fourrière, le temps d'aller récupérer le mot et de demander que personne ne touche au véhicule : on viendrait poser des scellés.

Vendredi 24 novembre, 10 h 15.
Appartement de Charlotte

« Bonjour, madame Ludel.

— Bonjour, inspecteur. J'ai peur de ce que vous allez me dire !

— Je n'ai pas de nouvelles mais je voudrais discuter avec vous. »

À la table de la salle à manger, ils étaient assis l'un en face de l'autre.

« Écoutez, on a fait des recherches dans la Seine jusqu'à trois kilomètres en aval du pont de Bezons. On n'a rien trouvé du tout, aucune trace, rien. Sur le mot qui était dans la voiture, il n'y a que les empreintes de votre mari et le graphologue confirme que c'est bien son écriture.

— Vous aussi, vous croyez que c'est un suicide ?

— Je n'en suis pas sûr du tout. Il a pu lui-même maquiller sa disparition. Vous savez, disparaître pour ne pas avoir à dire ou faire certaines choses, c'est fréquent.

— Mais pourquoi il se serait suicidé ? Je n'ai rien vu… Il allait bien. Nous étions heureux… C'est horrible, c'est de ma faute !

— On lui a peut-être demandé de choisir, mis un ultimatum et il n'a pas eu le courage… Ou alors on l'a quitté…

— Mais de quoi parlez-vous ?

— Je suis désolé, madame Ludel. J'ai un suicidé éventuel et aucune preuve de passage à l'acte. Je cherche une raison à sa disparition. Ça pourrait être une autre femme… Il en était amoureux et elle l'a obligé à choisir. Il n'a pas été capable de lui dire non, il “n'avait pas la force de voir le rêve disparaître” ni celle de vous dire ce qu'il en était… Il a préféré fuir avec elle.

— Pas Marc, pas lui ! Et ça n'a pas de sens, je l'aurais su… Enfin, je veux dire, je l'aurais senti. Si votre femme vous trompait, vous le sentiriez ?

— Non. Justement, je n'ai rien senti, je n'ai rien vu venir jusqu'au moment où elle m'a dit qu'elle en aimait un autre et où elle a demandé le divorce. Bon, revenons à votre affaire. Tout à l'heure, vous avez dit "c'est de ma faute". Pourquoi ?

— Parce que si celui qui vit avec vous chaque jour va mal au point de vouloir mourir et que vous ne l'avez pas senti, alors forcément on se sent coupable.

— Justement, madame Ludel, il faut que vous passiez en revue chaque instant de ces dernières semaines, de ces derniers mois. Il faut me dire tout ce que vous pourriez trouver d'anormal ou d'inhabituel dans le comportement de votre mari.

— Inspecteur ! Je ne fais que ça depuis lundi, je ne pense qu'à ça nuit et jour. J'ai l'impression de devenir folle à force de tout retourner dans ma tête. Je n'en peux plus !

— Je comprends. D'un autre côté, si vous voulez tenir le coup, il faut vous rattacher à votre quotidien. Parfois c'est lui qui nous tient debout. Vous devriez reprendre votre travail, vous savez : vous auriez l'esprit occupé et ça vous soulagerait.

— C'est ce que j'avais prévu. Il faut aussi que je montre à Louise que la vie continue en attendant. »

Barnes se leva, Charlotte l'accompagna et lui ouvrit la porte.

« Au fait, madame Ludel, j'ai eu l'accord pour lancer un avis de recherche. J'ai également pris rendez-vous lundi avec l'associé de votre mari. Cela ne vous pose pas de problème ?

— Pas du tout. J'ai déjà discuté longuement avec François : il n'y avait rien de spécial côté professionnel. Un dernier point, inspecteur : tant que l'on n'a pas de preuve de sa mort, je voudrais qu'on ne parle que de disparition, et non de suicide. Marc est un homme brillant mais aussi un idéaliste, j'ai passé ma vie à le protéger.

— Bien, madame Ludel, je vous appelle s'il y a du nouveau. »

Barnes s'interrogea sur le sens de la dernière phrase de Charlotte Ludel : « J'ai passé ma vie à le protéger. » Le protéger de quoi ? Une question qui s'ajoutait à celle qui le taraudait depuis la fourrière : qu'est-ce qui avait bien pu amener cet homme à vouloir disparaître ou à se suicider ? Sa femme avait raison : il était brillant, les articles de presse le concernant étaient dithyrambiques. Un homme intelligent, un avocat pénaliste de renom, pas franchement le profil de quelqu'un qui aurait agi sur un coup de tête ou perdu les pédales pour un détail.

Jeudi 30 novembre, 12 h 50.
Commissariat de police du 8e arrondissement

« Merci, madame Ludel, d'être venue jusqu'à mon bureau.

— De rien, inspecteur. C'est quoi, ce témoignage dont vous m'avez parlé au téléphone ?

— C'est un jeune de Sartrouville qui a reconnu la photo de votre mari dans le journal. Il l'a vu le vendredi de sa disparition. Sa voiture était arrêtée sur le pont, il était penché sur le parapet et le gamin l'a interpellé en lui demandant s'il pouvait l'aider. Votre mari lui a dit qu'il ne se sentait pas bien, qu'il avait envie de vomir, qu'il prenait l'air mais que ça allait déjà mieux. Votre mari, en parlant, a fait quelques pas vers lui. Il l'a bien reconnu, il est formel.

— Quelle conclusion en tirer ?

— Selon moi, c'est un simple faisceau d'indices. Votre mari était sur le pont et il était seul, maintenant on le sait. C'était aux environs d'1 heure du matin : le gamin revenait d'une fête en scooter et il devait être chez lui avant 1 heure pour ne pas inquiéter ses parents.

— Ça ne veut rien dire !

— Écoutez, madame Ludel, j'ai reçu tous les éléments numériques concernant votre mari. Ses derniers appels téléphoniques, ses relevés de carte bleue. Sa dernière dépense a été faite ce vendredi-là vers 18 heures, dans une station-service au nord de Magny-en-Vexin. Et depuis, plus rien. Les jours précédents, il n'a pas retiré de sommes d'argent importantes de la banque ou d'un guichet automatique, rien. Pourtant, quand on décide de fuir, on prend de l'argent pour vivre tout de même !

— Tant que l'on n'aura pas retrouvé son corps, je garderai espoir.

— Je comprends... Votre mari était un...

— "Est", inspecteur, pas "était" !

— Votre mari est visiblement, tout le monde le dit, un grand idéaliste et il a toujours été fou de vous, tout le monde me l'a dit aussi, même votre concierge. Alors une déception de votre part aurait pu l'amener à vouloir disparaître dans tous les sens du terme. Madame Ludel, auriez-vous trompé votre mari ?

— Jamais ! Je l'aime à un point que vous ne sauriez imaginer. C'est un mari exceptionnel. Il a toujours tout fait pour moi. Durant ma dépression, il m'a portée à bout de bras. Je n'abandonnerai pas l'idée qu'il est toujours là.

— Vous avez fait une dépression ?

— Euh… c’était il y a très longtemps. C’est une maladie, vous savez. Il n’y a pas forcément de cause ni d’explication rationnelle.

— Mais c’était quand ?

— Au moment de la naissance de notre fille Louise ; une dépression postnatale qui a perduré. Il y a les bizarreries des comportements humains, inspecteur, mais aussi celles du fonctionnement du corps humain. »

Barnes était certain que Charlotte Ludel ne lui disait pas tout. Il pouvait comprendre qu’elle n’admette pas la thèse du suicide, qu’elle en soit la cause ou non, l’espoir qu’il soit toujours vivant l’aidait à ne pas sombrer. En revanche, son désintérêt de plus en plus marqué pour le motif de cette disparition ne s’expliquait pas. Elle n’avait pas même posé une seule question sur ce gamin qui était le dernier à l’avoir vu et qui aurait pu… Et puis cette phrase lors de l’entretien précédent – « c’est de ma faute » – continuait de tarauder l’inspecteur Barnes.

Trois mois plus tard, on retrouva la veste de Marc Ludel bloquée dans l’entrée de pompage du système de refroidissement d’une péniche. La police scientifique avait été incapable d’établir avec certitude son appartenance à Marc Ludel mais la présence d’un câble de batterie enchevêtré dans la veste apporta la preuve manquante. Barnes était remonté jusqu’au détail du ticket de caisse de la station-service de Magny-en-Vexin. Mais jamais il n’aurait l’explication finale de cette histoire. Lorsqu’il avait donné ces éléments à Charlotte Ludel, elle s’était effondrée. Dans cet instant de désespoir, quelques mots lui avaient échappé ; elle les avait marmonnés avec ses deux mains plaquées sur son visage, mais Barnes avait cru entendre : « C'est fini et c'est de ma faute. » Malgré sa curiosité, touché par la détresse et la détermination de cette femme à y croire jusqu'au bout, il avait abandonné là et n'avait pas poursuivi ses questions. Elle n'avait rien de la femme infidèle, bien au contraire, et si faute il y avait eu, cela n'avait dû être que l'espace d'un instant. Barnes aurait été heureux qu'une femme l'aime à ce point et il classa l'affaire en ajoutant Marc Ludel, l'idéaliste, à ses références sur les bizarreries des comportements humains.

On ne retrouva jamais le corps de Marc Ludel mais le dossier défia la chronique en 2009, une semaine avant Noël. Le procureur de la République avait adressé une requête au tribunal de grande instance de Paris pour faire constater judiciairement le décès. « L'avocat des innocents » devait passer du statut de disparu à celui de défunt, la société en avait décidé ainsi. Sa femme tentait de s'y opposer et criait son désaccord. Barnes lut avec intérêt les articles sur l'affaire et vit dans la plupart des journaux la photo de Marc et Charlotte, celle-là même qui trônait sur la commode de leur appartement parisien.

10

« Juste une question avant de commencer, monsieur le juge, ou plutôt monsieur Jeukens : comment avez-vous eu mes coordonnées ?

— Sur Internet.

— Mais pourquoi m'avoir choisi ?

— Juste parce que vous êtes détective privé depuis plus de vingt ans et dans cette profession on ne dure que si l'on est bon.

— C'est vrai, vous avez raison. Je suis le meilleur ! Bon, que puis-je faire pour vous ?

— Je voudrais tout savoir sur une femme.

— Ah, parfait ! Je préfère suivre une femme qu'un homme ! Plus sérieusement, dans quel but, monsieur Jeukens ? J'ai besoin de savoir pour bien remplir ma mission, relever les points pertinents au regard de votre objectif, vous comprenez ?

— Écoutez, j'ai eu une relation il y a bien longtemps avec cette femme. Elle était déjà mariée. Elle était... euh... comment dire... enfin... Je crois que je ne l'ai jamais vraiment oubliée. J'ai appris qu'elle n'était plus mariée il y a peu. Moi non plus. Son mari a disparu il y a trois ans. Je voudrais tout savoir sur elle, si elle a quelqu'un dans sa vie ou si elle voit quelqu'un, même ponctuellement.

— Son mari a disparu ?

— Oui, il s'est suicidé mais on n'a jamais retrouvé son corps. J'aimerais bien aussi que vous me disiez s'il y a eu des hommes dans sa vie durant son mariage.

— Là, ça va être plus dur ! Je pourrai vous donner un avis ou une impression, mais sûrement guère plus.

— Vous comprenez, si j'ai été le seul, ça serait plutôt bon signe !

— J'essaierai d'en savoir le plus possible mais, vous savez, la faire suivre, ce n'est peut-être pas la meilleure démarche ! Ça n'est pas très glamour, votre truc ! Et vous ferez quoi, monsieur Jeukens, si cette femme est libre ?

— Elle ne saura jamais que je l'ai fait suivre. Cette fois, je veux mettre toutes les chances de mon côté. Avec les éléments que vous me donnerez, je saurai comment organiser une rencontre, donner un coup de pouce au destin ! Enfin, si déjà elle me reconnaissait...

— Vous aviez déjà la barbe à l'époque ?

— Non.

— Avec une barbe pareille, elle ne risque pas de vous reconnaître !

— S'il n'y avait que ça comme problème ! Tenez, je vous donne mon adresse email pour l'envoi de votre rapport et mon numéro de portable. Trois jours pour votre rapport, donc jeudi, ça va ?

— Monsieur le juge ! Vous n'êtes pas sérieux ! Ça fait des années que vous attendez, vous n'êtes tout de même pas à quelques jours près !

— Si justement ! J'ai déjà perdu trop de temps. Et vendredi, c'est Noël !

— OK, juge ! Mais je vous remets mon rapport en mains propres et je vous ferai mes commentaires. Jeudi à 16 heures, ici, dans mon bureau. »

« Bonjour, juge !

— Bonjour. Alors ?

— Installez-vous. Un café ?

— Volontiers. Alors ?

— Ah, juge ! Vous êtes comme un gamin ! Je ne vais pas vous faire languir, les nouvelles sont bonnes, très bonnes. Vous en voulez un ou deux ?

— Un ou deux quoi ?

— Sucres !

— Un, s'il vous plaît. Alors, vous dites que les nouvelles sont bonnes ?

— Ah oui, pour le coup ! Depuis le suicide de son mari, elle n'a personne. Même les gardiens de l'immeuble me l'ont confirmé. C'est une nonne, cette femme ! Une belle nonne même ! Elle travaille, elle est médecin, elle n'a pas beaucoup de vie mondaine, elle est marraine de l'association Enfance et partage, elle s'occupe beaucoup de sa fille, elle en est très proche. Ah oui ! Sinon elle court. Enfin, elle fait du footing quoi, juge. Et elle joue au tennis une fois par semaine avec sa fille. Enfin, voilà les grandes lignes, mais tous les détails sont dans mon rapport.

— Que fait sa fille ?

— C'est la mère ou la fille que vous visez, juge ?

— Je ne vous permets pas !

— Je plaisantais ! Ne vous énervez pas ! Ma femme dit toujours que j'ai un humour lourd, je crois que c'est vrai.

— Votre femme a raison. Alors, elle fait quoi ?

— Elle est à la fac, en médecine. Les chiens ne font pas des chats ! Ah oui, d'ailleurs, vous verrez dans mon rapport, la mère et la fille ont été en bisbille ou un truc comme ça. Pendant des mois, la gamine a habité chez ses grands-parents et puis maintenant elles sont très proches. C'est drôle, les gens !

— Et pendant son mariage ?

— Quoi, pendant son mariage ? Elle est libre, elle ne voit pas de gars et elle l'aurait trompé quand il était là ?

— Oui, mais vous m'oubliez, là !

— Ah ouais... Mais c'était vous, juge ! Vous êtes peut-être l'exception qui confirme la règle. Ou alors elle a une passion pour la justice ! Son mari était avocat !

— Vous n'avez rien appris sur ce point, en fait ?

— Bah ! Elle est seule, ça c'est sûr, et sur son passé je n'ai rien appris, certainement parce qu'il n'y a rien à savoir. C'est une femme sérieuse, juge, c'est sûr. Dommage d'ailleurs, parce que c'est un beau brin de femme. Elle ferait le bonheur de n'importe qui !

— Là-dessus on est d'accord. Vous voulez que je vous en bouche un coin ?

— Dites toujours, juge !

— Eh bien, sa fille, ce n'est pas la fille de son mari !

— Comment vous pouvez savoir ça, juge ?

— Eh bien, je vais vous dire...

— Ah oui ! Je viens de comprendre, c'est vous le père ! Lorsque vous avez eu votre relation avec elle.

Hum, hum... Un juge pas droit comme la justice ! Vous revoulez un peu de café ?

— Non, mais j'aimerais...

— Vous voulez autre chose, une bière plutôt, c'est ça, juge ?

— Non, non et non. Je voudrais simplement que vous m'écoutiez.

— Je vous écoute, juge !

— S'il vous plaît, arrêtez de m'appeler juge.

— Bien, monsieur Jeukens. Alors ? Je suis tout ouïe.

— Eh bien, son mari s'est confié à moi avant de se suicider. J'ai essayé de l'en empêcher, de le dissuader. On a discuté pendant plus d'une heure. Il m'a dit qu'il venait de découvrir que sa fille n'était pas sa fille, que sa femme l'avait donc trompé. Il ne supportait pas...

— Vous connaissiez aussi son mari ?

— Non, pas du tout, je passais sur le pont de Bezons à 1 heure du matin, c'était il y a trois ans, et je l'ai vu sur le bord du parapet prêt à se jeter à l'eau et...

— Attendez, juge ! Vous me prenez pour un con ! Vous couchez avec sa femme et vous passez quinze ans plus tard, et par hasard, sur le pont de Bezons où le mari est en train de se jeter à l'eau ! C'est plutôt vous qui l'avez jeté à l'eau !

— Non, je ne l'ai pas jeté à l'eau ! Ah, et puis merde ! Je ne m'en sors plus. OK, je vais tout vous expliquer.

— Oui parce que, pour l'instant, ça n'est pas clair du tout, vos salades, juge !

— OK, je vous ai menti. Je reprends tout dans l'ordre et depuis le début. »

Paul tenta de résumer la moitié de sa vie en quelques minutes. Il s'était marié avec une femme dont il était éperdument amoureux. Ils avaient eu une fille. Ensemble, ils avaient mené une vie heureuse et qui les comblait au-delà de leurs espérances. Et puis un jour, il y avait un peu plus de trois ans, il revenait de Paris, d'un colloque sur le droit européen, mais, fatigué, il avait décidé de s'arrêter en route pour dormir. Il était sorti de l'A 86 pour rejoindre son hôtel. Alors qu'il traversait le pont de Bezons, il avait vu un homme sur le point de se jeter dans la Seine. Il s'était arrêté. Ils avaient discuté longuement, l'homme lui avait fait des confidences. Paul était parti rassuré en voyant Marc – il s'appelait Marc – s'éloigner au volant de sa voiture. Paul raconta que, trois semaines plus tard, sa propre vie avait basculé : il avait perdu sa femme et sa fille dans un carambolage sur l'autoroute. Il n'avait pas supporté le choc, il les voyait partout, dans chaque geste de sa vie quotidienne. Il avait décidé de s'en aller, de tout changer et il était parti essayer de vivre au bout du monde, au fin fond de l'Afrique. Il avait déjanté complètement, s'était oublié pendant plus de deux ans, et enfin était parvenu à se reprendre. Puis, par hasard, alors qu'il allait mieux, il avait lu, sur Internet, l'histoire du suicide de Marc Ludel, le Marc qu'il croyait avoir sauvé. En voyant la photo de Charlotte Ludel, il avait ressenti quelque chose d'inexplicable. Il avait alors pensé que s'il devait avoir un nouveau destin, il était là, aux côtés de cette femme. La similitude de leurs vies passées, brutalement avortées, apportait une base concrète mais bien insuffisante pour expliquer cette révélation. Il y avait clairement bien plus que cela et… il était monté dans le premier avion en partance ! Avant de la rencontrer, il voulait tout savoir sur elle et notamment comprendre la confidence faite par son mari.

« Oui ben, juge, pourquoi ne pas m'avoir dit ça tout de suite ?

— Vous auriez refusé d'enquêter, vous m'auriez pris pour un illuminé ou je ne sais quoi. Pour donner une base logique à ma démarche, j'ai inventé cette histoire de relation avec elle. Voilà, vous savez tout.

— Ben, c'était pas la peine de mentir, moi j'aime bien les histoires glamour, les trucs incroyables comme on voit parfois à la télé. Souvent ça me retourne, ça me fout la chair de poule !

— Oui mais, vous voyez, on n'a pas trouvé d'explication sur la confidence du mari. Cette fille a bien un père, ça veut dire que sa mère...

— Juge, je vous l'ai dit, c'est une femme bien. Elle n'a personne. Elle n'a pas du tout le profil d'une femme qui tromperait son mari, pas du tout. Je vous le garantis.

— Vous oubliez le père de sa fille ! Ce point m'obsède, je ne comprends pas !

— Oui, c'est vrai, il y a le père ! Sinon, ce serait l'Immaculée Conception ! C'est bizarre, le père n'a aucune relation avec sa fille. Je ne savais pas pour cette histoire, je n'ai pas enquêté sur ce point, mais aucun homme seul ne vient chez elle, ça les gardiens me l'ont dit. Maintenant que le mari n'est plus là, le père pourrait venir. Peut-être qu'elle n'aimait pas le gars ?

— Oui mais alors, votre femme sérieuse, pourquoi a-t-elle couché avec lui ?

— Elle n'était plus elle-même ! Elle avait peut-être trop bu !

— Elle est vraiment top, votre “femme bien”, elle boit, elle couche...

— Euh... Je n’ai pas toujours les idées claires, les soirs de Noël !

— Ça doit être la bière ! Vous en avez déjà bu trois !

— Ça n’est pas gentil ça, juge ! Mais tiens, on peut lui avoir mis quelque chose dans son verre justement, vous savez, la drogue du viol.

— Le GBH ?

— Oui, c’est ça ! Maintenant il y en a moins mais, fut un temps, il y avait beaucoup de mains courantes déposées à ce sujet et des consultations d’urgence à l’hôpital, vous savez, juge, pour le sida. La plupart de ces petits dégueulasses, il y en a qui font ça en tournante, ils ne foutent même pas de capote. Vous m’écoutez plus là, juge ! Juge ?

— Euh... si, si. Je réfléchis.

— Vous croyez que je déraisonne, que je dis des conneries pour trouver une excuse à la femme sérieuse de mon rapport. Je peux vous dire, j’en ai fait, des rapports sur des femmes, eh bien celle-là, elle est bien. Si elle veut de vous, y a pas à réfléchir.

— Vous pouvez avoir accès aux mains courantes, aux plaintes déposées ?

— Non, essayer de corrompre un policier, je ne fais pas, c’est trop dangereux !

— Et les services des urgences des hôpitaux ?

— Oui, ça, ça n’est pas trop dur. Pour un petit billet, on me montre le registre des entrées et *basta*. Mais vous êtes en train de gamberger là, juge ! Faut pas prendre ce que j’ai dit au pied de la lettre !

— Je veux que vous le fassiez. Interrogez les services des urgences des hôpitaux de Paris.

— Vous êtes un grand malade, juge ! Vous n'avez...

— Vous cherchez une Charlotte Ludel sur les registres, neuf mois avant la naissance de sa fille.

— Comme vous voudrez, c'est vous qui payez ! Putain... Claquer du pognon pour des conneries ! Tiens, en parlant d'argent, faudrait me régler parce que, je ne sais pas, mais avec vos salades... Et puis avec les trois années que vous avez passées, pété comme un coing, vous devez pas rouler sur l'or, je voudrais pas...

— Pas pété comme un coing : désespéré ! Vous, encore deux bières et vous serez effectivement pété comme un coing et vous passerez Noël sous la table ! Tenez, voilà vos trois mille en liquide et vous aurez cinq mille si vous me remettez votre rapport dans les quatre jours.

— Cinq mille ? OK ! Je fais que les cinq plus grands hôpitaux et si je n'ai pas trouvé et que vous voulez que je continue, il faudra rallonger mille par hôpital. Quatre jours ? J'enlève demain, c'est Noël tout de même, et j'enlève dimanche, ça fait... euh... Mercredi. OK ! Mercredi à 18 heures ici. »

« Alors, juge, vous avez passé un bon Noël ?

— Je vous rappelle que je n'ai plus de famille !

— Ah ! Excusez. Vous n'avez pas de famille mais du bol, vous en avez ! Je n'aurais pas misé un kopeck sur votre truc. Eh ben, au troisième hôpital, à Saint-Louis, le 23 novembre 1990 à minuit quarante, elle s'est pointée aux urgences, la Charlotte Ludel. Incroyable, ce truc ! À croire que vous, les juges, vous avez un sixième sens !

— Le 23 novembre 1990 ? C'est cohérent.

— Cohérent ? C'est juste horrible, cette histoire, juge. Cette femme, ce n'est pas une nonne, c'est une martyre ! Garder ça pour elle... Pourquoi elle n'a pas craché le morceau ? Ça l'aurait aidée. Vous ne croyez pas, juge ? »

Paul n'écoutait plus. Il se leva et quitta la pièce précipitamment.

11

Charlotte était seule, Louise passait la semaine au ski avec des amis. Elle s'était fait un petit plateau télé pour se coucher tôt. Elle voulait être en forme pour le lendemain, il allait falloir faire bonne figure, c'était le nouvel an tout de même ! À cet instant, elle ne put s'empêcher de penser à l'année supplémentaire passée sans Marc. Jamais elle ne pourrait confier ça à qui que ce soit, pas même à François, l'associé de Marc. Tous ses amis lui avaient dit et répété depuis trois ans que, sans oublier, il fallait néanmoins aller de l'avant. Elle le faisait dans tous les domaines, sauf dans sa vie sentimentale. Elle n'était pas encore prête et elle ne le serait peut-être jamais. Au fond d'elle-même, il y avait ce petit quelque chose qui l'en empêchait. Le jour où il n'y aurait absolument plus aucun doute sur la mort de Marc, ce serait peut-être différent. Elle laisserait enfin la place aux souvenirs.

La sonnette retentit. Charlotte regarda sa montre en s'interrogeant sur cette visite tardive. À l'instant où elle ouvrit la porte, elle se sentit partir, sur le point de s'évanouir. Il la rattrapa, la porta dans ses bras et la coucha sur le canapé du salon. Doucement, elle ouvrit les yeux, puis les referma. Elle les ouvrit à nouveau.

« Marc ! Ce n'est pas possible, j'ai des visions, je deviens folle !

— Je te demande pardon, je te demande pardon, mon amour. »

Elle l'embrassait sur le front, sur les joues, sur la bouche... Elle ne prenait plus le temps de respirer. Elle gardait les yeux grands ouverts de peur qu'il ne disparaisse. Ses mains le touchaient, le palpaient, elle n'y croyait toujours pas. Il passa sa main dans ses cheveux, leurs larmes se mêlèrent avant de rejoindre leurs lèvres qui ne se quittaient plus. Ils s'embrassèrent longuement, intensément. Parfois, Marc suspendait ses baisers le temps de regarder ce visage qui avait hanté ses nuits du bout du monde.

« Pardonne-moi, j'ai douté de toi. Maintenant je sais tout, le viol, tout ! »

Charlotte, elle, brûlait d'impatience. Elle voulait comprendre comment il pouvait être là, pourquoi il était soudainement revenu et comment il avait découvert ce qu'elle-même avait essayé d'oublier. Marc raconta son désespoir lorsqu'il avait cru comprendre que sa vie n'était qu'une illusion.

« Croire que tu m'avais trompé me donnait envie de mourir. J'ai sauté dans la Seine avec cette image pour me donner du courage. Je m'étais attaché avec des câbles pour ne me laisser aucune chance. Mais une fois dans l'eau, dès que j'ai suffoqué, j'ai eu peur... C'est atroce, tu avales de l'eau, tu t'étouffes.

— Mais comment as-tu fait pour t'en sortir ?

— Tu me connais ! J'ai deux mains gauches, je ne suis pas foutu d'accrocher un tableau au mur ! Mais bon, comme je le savais, alors j'avais vraiment mis le paquet. Mais je ne pouvais plus marcher du tout pour aller jusqu'au parapet... J'avais tellement serré les fils ! Du coup, j'ai un peu détendu les câbles des jambes et ce sont elles que j'ai réussi ensuite à dégager en premier. Pour les bras, il n'y avait rien à faire. Là, j'ai cru que je n'y arriverais jamais, je suffoquais, et puis, soudainement, parce que j'avais passé le câble dans mes manches, j'ai réalisé qu'en enlevant la veste c'était gagné ! Lorsque je suis remonté à la surface, j'ai hurlé, mais le courant m'avait déjà éloigné de plus de cinquante mètres du pont, et personne ne m'a entendu. Dès que j'ai repris mon souffle, j'ai nagé jusqu'au bord. Mais tu sais, quand j'y pense aujourd'hui, ce qui me fait le plus mal, c'est d'avoir pu douter de toi, de t'avoir laissée, de t'avoir abandonnée alors que tu souffrais depuis des années.

— Marc, tu sais, j'avais décidé d'oublier le viol à jamais. Mais je n'ai pas tenu longtemps, j'ai basculé dans la dépression. Après, je crois que j'ai fait un déni, comme on fait un déni de grossesse, mais ça revenait par vagues, des vagues d'angoisse qui finissaient par m'emporter. J'aurais pu y arriver mais il y avait Louise sous mes yeux, tous les jours. J'avais des doutes, je ne voulais pas regarder, je ne voulais pas savoir... J'avais trop peur !

— Mais si tu me l'avais dit, j'aurais pu t'aider, on aurait partagé ce fardeau ensemble !

— Tu aurais été malheureux et je ne le voulais pas. Et puis il y avait Louise ; tu te serais posé des questions. Non, j'ai préféré te protéger, vous protéger. Et tu as bien failli en mourir ! Quelle bêtise !

— Non, ma chérie. C'était courageux mais insurmontable. Et Louise, que sait-elle ? Comment va-t-elle ?

— Je crois qu'elle va bien maintenant. Mais ça a été pire que tout. Elle a pleuré toutes les larmes de son corps, tu lui manquais tellement.

— Ah, ma petite Loulou ! Je me droguais, je buvais... pour ne plus avoir mal !

— Mais elle a cherché à comprendre. Elle te connaît par cœur et a vite pensé que si tu t'étais suicidé, c'était parce que je t'avais trompé. C'était horrible ! Insupportable !

— Tu lui as expliqué ?

— Lui expliquer quoi ? J'ai regardé sur Internet. Tu n'imagines pas à quel point certains ados sont parfois détruits de ne pas savoir qui est leur père biologique. Il y en a qui se mettent à le rechercher et qui en oublient de vivre, ça devient une obsession.

— Mais alors...

— Évidemment, j'ai nié. Mais elle n'en démordait pas, alors... j'ai supporté ! Si je lui avais dit que j'avais été violée, qu'est-ce que cela aurait changé ? Et comment expliquer le lien avec ton suicide ? Aucune explication ne tenait debout, il n'y avait que la vérité. Et elle était vraiment impossible à dire !

— Elle a dû t'en vouloir ?

— Elle ne voulait plus me voir. Je la comprenais. Forcément, à ses yeux, j'étais la cause de tout. Elle a habité chez tes parents pendant un an. Ils ne me parlaient plus.

— Le détective m'a en effet parlé de cette séparation, mais je n'ai rien compris.

— Le détective ? Quel détective ?

— Je te raconterai. Poursuis sur Louise, s'il te plaît. Comment as-tu rétabli le contact ?

— Rien, je ne pouvais rien faire. Et puis un jour elle est venue me parler. Elle m'a dit : “Je t'accuse sans preuve, et ça, je n'ai pas le droit.” C'était ta phrase ! J'ai éclaté en sanglots. Et puis, petit à petit, le fait que je n'admette pas ta mort, le fait que je refuse de demander qu'elle soit judiciairement déclarée alors que cela aurait tout simplifié financièrement pour moi, ça a retissé les liens. On était deux à y croire encore. On s'est battues ensemble. Tu sais, c'est vraiment une fille bien, notre Louise.

— Mais tu ne l'as dit à personne, alors ?

— Non, enfin... j'ai fini par le dire à mes parents mais c'était encore pire ! Avant que je ne leur parle, ils étaient tristes ; ensuite, ils sont devenus malheureux. Que voulais-tu qu'ils fassent ? Il n'y avait rien à faire, rien à dire. Ils devaient juste vivre avec ça ! Comme moi !

— Et nos amis, François et Florence, Jean et Michèle, et tous les autres ?

— Ils ont été top mais ils se sont aussi posé beaucoup de questions. Parfois, dans leurs regards, j'avais le sentiment qu'ils pensaient la même chose que Louise. On devra gérer ça aussi maintenant. Que dirons-nous ?

— Nous ne dirons rien. Tu as eu raison, il faut protéger Louise. Le temps fera son œuvre...

— Marc, pourquoi es-tu soudainement revenu, qu'est-ce qu'il s'est passé ?

— Il y a dix jours, j'ai lu sur Internet des articles relatant ton opposition à la demande du procureur de voir prononcer ma mort par le tribunal de grande instance. Cela m'a ébranlé... Je me suis dit que ce n'était pas possible, que quelque chose avait dû m'échapper. Tout ça n'était pas cohérent. Et puis sur une des photos, j'ai soudain vu ta main droite, tes doigts... Tu croisais tes doigts ! C'était notre signe ! Celui auquel je m'étais raccroché pendant toute la période des électrochocs. Trois heures après, j'étais dans l'avion.

— À chaque photo je croisais les doigts et j'espérais, sans rien dire. »

Charlotte embrassa Marc. Puis elle lui prit la main, se leva et l'entraîna dans leur chambre. Ses baisers étouffaient les mots qu'il essayait encore de dire. Elle n'écoutait plus, elle n'entendait pas, tout son corps était tourné vers celui qu'elle avait cru perdu. Elle le coucha sur le lit, laissa tomber sa robe de chambre et s'allongea sur lui. Il était immobile, incapable de bouger. Depuis la révélation du détective, il avait pensé à ces instants sans jamais imaginer cet assaut délicieux. Il lui caressait les cheveux en tentant de reprendre son souffle. Charlotte souleva sa chemise de nuit. Elle était à califourchon. Il la sentait maintenant aller et venir doucement sur son sexe. En écoutant la respiration de Charlotte s'accélérer, il sentit qu'il allait perdre pied. Il l'enveloppa dans ses bras et doucement la fit se coucher sur lui puis rouler sur le côté. À son tour, il parcourut son corps avec ses mains, avec sa bouche, avec sa langue. Sa tête entre ses cuisses, il ne quittait pas son visage du regard. Il voyait alterner les sourires et les rictus de plaisir. Il l'entendait gémir. Le bassin de Charlotte se soulevait, emporté par la volupté, ses hanches ondulaient. Doucement, il remonta sur son ventre, entre ses seins, pour venir l'embrasser en même temps qu'il la pénétrait. Elle enroula ses jambes autour de sa taille, ses bras autour de son cou. Elle voulait l'envelopper tout entier. À chaque mouvement elle sentait le plaisir monter. Bientôt, elle ne put retenir ses cris. Ils jouirent ensemble.

Ils restèrent immobiles, envahis par la plénitude à laquelle le plaisir avait laissé place. Puis, doucement, Marc se dressa sur ses avant-bras et ses mains se promenèrent sur le visage de Charlotte. Ses doigts glissaient sur ses lèvres tendues par ce sourire qui ne la quittait plus, suivaient la courbe montante de ses sourcils qui chapeautaient ses yeux écarquillés par ce bonheur inattendu. Alors ils se lancèrent, tour à tour, dans le récit de ces trois ans de survie l'un sans l'autre.

La nuit entière, ils se racontèrent tout, dans les moindres détails. Ils passaient des récits de souffrance à la découverte de l'intensité incroyable de leur amour, des pleurs aux étreintes, du bonheur d'être réunis à l'angoisse des jours à venir. Au petit matin, Marc proposa qu'ils s'offrent la journée pour eux seuls. Il se rendrait le lendemain à la police. Il avait utilisé de faux papiers, il avait gardé cette identité pendant dix jours pour mener son enquête. Il n'était plus à un jour près. Il ne dirait pas pourquoi il avait voulu se suicider ni pourquoi il était revenu. Rien ne l'y obligeait, c'était sa vie privée, elle ne regardait que Charlotte et lui.

Ils restèrent dans l'appartement. Charlotte s'amusait à faire redécouvrir à Marc la vie « normale », son ancienne vie. Il dégustait tout, le plaisir de se plonger dans un bain moussant, la douceur d'un plateau télé dans les bras l'un de l'autre, la joie de feuilleter les albums photo ensemble, les étreintes impromptues !

Charlotte entreprit de lui couper « cette très vilaine barbe ». Marc lui entonna une chanson en diola.

« Mais quelqu'un a pu supporter ça ? s'esclaffa Charlotte.

— Oui, la petite Yacine, je l'avais apprise pour elle ! Je lui chantais dans la pirogue lorsque nous rentrions de l'île aux oiseaux. Elle aimait bien, ça l'endormait.

— Marc ! Elle faisait semblant de dormir pour que tu t'arrêtes ! Elle se disait : "Il est gentil, tonton Paul, mais qu'est-ce qu'il chante mal !"

— Tu crois ?

— Je crois qu'elle devait vraiment adorer les oiseaux ! » répondit Charlotte, hilare.

Avant minuit, Marc entraîna Charlotte dans la chambre, prétextant que sa tradition espagnole des raisins qui garantissaient le bonheur n'avait pas donné de très bons résultats la dernière fois. Il lui proposa de fêter la nouvelle année autrement. Ensuite, encore hagards par l'excès d'émotions et le manque de sommeil, ils restèrent allongés sur le dos, immobiles, côte à côte, main dans la main.

« À quoi penses-tu, Marc ?

— Je me demande comment tu as fait pour ne rien dire, comment tu as pu tenir ?

— J'ai tenu parce que je savais que c'était bien pour Louise. La seule question que je me pose, le seul regret que j'ai encore parfois, c'est de ne pas avoir porté plainte pour que ce salaud soit arrêté. Il était calme, il n'en était vraisemblablement pas à son premier viol. Si toutes ses victimes se sont comportées comme moi, il a pu remettre ça tranquillement, plusieurs fois peut-être.

— Je comprends ça mais il faut que l'on regarde devant maintenant. Tu vois, je pense à Charles Perrault. Il a écrit : "Tu n'es heureux qu'autant que tu as souffert." Je me dis que, pour nous, maintenant, ça va être énorme ! »

12

Marc avait raison : en quelques mois, les questions de leur entourage avaient cessé. Il avait su couper court aux interrogations de tous sans apporter un seul élément de réponse, tout en faisant clairement comprendre à ses interlocuteurs qu'il ne fallait pas y revenir. « J'ai pété un plomb. Ça arrive non ? » La réponse était toujours la même, mais l'intonation employée et le regard qu'il lançait alors variaient selon le degré d'empathie ou de simple curiosité de l'auteur de la question. Pour les premiers, il enchaînait directement sur un autre sujet d'un ton doux, montrant clairement que la sécheresse de sa réponse n'était en rien liée à une quelconque agressivité à leur égard. Pour les autres… il tournait simplement les talons !

Avec Louise, cela fut autrement plus délicat. Le bonheur improbable de retrouver son père laissa progressivement place à l'incompréhension. Elle ne posa jamais une seule question sur le pourquoi dont la raison lui semblait acquise. Mais elle n'admettait pas que son père ait pu l'abandonner pendant trois ans. Marc lui raconta comment la souffrance de cette séparation l'avait entraîné jusqu'aux confins de la déchéance. Il n'omettait aucun détail. Louise tentait de comprendre ce qu'elle croyait être un étrange combat entre deux amours : celui, un instant brisé, dont elle était le fruit et celui d'un père pour sa fille. Marc percevait ses pensées insoutenables et pour lui ce fut la plus difficile des plaidoiries : il y avait bien une victime, ou plutôt deux victimes, mais pas de coupable, surtout pas de coupable. Il parla de la vie, de ses fêlures et de l'amour : cette « armure universelle » qui permettait de faire face à tout et à qui il devait d'être encore là aujourd'hui. Il englobait dans sa définition de l'amour celui que l'on a pour son conjoint, pour ses enfants ; cela formait un tout sans hiérarchie, sans suprématie de l'un sur l'autre... puisqu'il n'était qu'un ! Il ne sut jamais comment Louise put interpréter tout cela mais progressivement elle s'apaisa et, au fil des jours, il retrouva avec elle cette harmonie qu'il aimait par-dessus tout.

Pour Marc, Charlotte et Louise, le bonheur était là, il était revenu avec la force et la saveur des choses que l'on a cru perdues. Tous trois savaient qu'il n'était ni un droit ni un dû et que la vie n'avait aucune obligation en la matière. Cette fragilité donnait à chaque geste, à chaque mot, à chaque instant une acuité particulière.

Au travail, Marc avait repris sa place. Ses plaidoiries étaient toujours aussi brillantes mais emportaient maintenant avec elles un surcroît de sensibilité et d'humanité. Victime lui-même, il décrivait mieux que quiconque la souffrance et le désarroi de ceux qui ont subi. Ce supplément d'âme n'avait pas échappé à François, son associé, qui venait parfois aux assises, pour l'écouter et s'en inspirer. C'était le cas, ce jeudi-là. Marc défendait une femme qui avait attenté à la vie de son époux après l'avoir surpris dans les bras d'une autre. En sortant, sur les marches du palais, ils croisèrent Dollande, le directeur de la police scientifique.

« Alors, l'avocat des innocents, vous avez encore fait des merveilles ?

— J'ai fait de mon mieux !

— Particulièrement inspiré par le sujet ?

— Je suis inspiré de naissance !

— Au fait, encore merci pour le déjeuner ! »

François, stupéfait, saisit Marc par le bras.

« Marc ! Tu as invité ce connard à déjeuner ?

— Ouais, ce midi.

— Je ne le crois pas ! Putain ! Tu n'as jamais pu le blairer !

— Exact, mais j'avais absolument besoin d'une info importante pour un dossier.

— Je ne te reconnais pas. Toi, te vendre à cet abruti ! Et tu as entendu sa remarque ? C'était une allusion directe à ton histoire, à ta vie personnelle, non ? Et tu as laissé passer...

— Laisse tomber, François, s'il te plaît. Si je l'ai fait, c'est que j'avais mes raisons. Il m'a donné un vrai coup de main, ça valait bien un déjeuner.

— Tes raisons ? Rien que ça, ça ne te ressemble pas ! C'est quoi, cette info dont tu avais tant besoin ? C'est pour quel dossier ?

— Bon, je dois y aller. Toujours d'accord pour le déjeuner dimanche midi au club de tennis ?

— OK, ça va, j'ai compris. À dimanche, 13 heures. Embrasse Charlotte. »

Charlotte était arrivée à l'appartement vers 19 heures. Elle rentrait toujours plus tôt le vendredi. C'était son jour préféré. Louise avait pris une chambre dans Paris pour avoir son autonomie et vivre une vraie vie d'étudiante, mais elle rejoignait ses parents chaque fin de semaine. Dans la cuisine, Charlotte préparait un risotto aux truffes. Ce n'était pas un menu de saison en cette fin de mois de mai déjà chaude, mais c'était le plat préféré de Marc. Les rayons du soleil pénétraient largement dans la pièce et l'inondaient de lumière. Sur le balcon, les buis s'étaient transformés en de grosses boules vert tendre. La fenêtre ouverte laissait entendre les piaillements d'un oiseau qui s'était posé sur le garde-corps. Une ambiance d'été. Charlotte, emportée par cette douceur de vivre, fredonnait. En tendant l'oreille, on aurait pu entendre sa voix résonner dans la cour de l'immeuble.

« Eh bien dis donc, c'est la forme, maman !

— Louise ! Tu m'as fait peur ! Je ne t'ai même pas entendue rentrer. Il vient d'où, ce débardeur rose ?

— Je l'ai acheté cette semaine chez Bershka, tu n'aimes pas ?

— Si ! Il est chouette et il te va très bien, ma chérie.

— Je peux faire quelque chose pour t'aider ?

— C'est gentil, Loulou. Tu peux mettre la table si tu veux. Papa ne va pas tarder. »

Une demi-heure plus tard, Marc était là. Il embrassa Charlotte et prit Louise dans ses bras en tournoyant sur lui-même et en lui déposant des bisous sur la tête. Il faisait ça depuis toujours. Elle avait certes dix-huit ans mais elle aimait encore les câlins, et Marc et Charlotte ne s'en privaient pas.

Le dîner fut animé. Louise était en forme elle aussi, sa petite voix fluette claquait comme une mitraillette. La perspective des examens tout proches la stressait bien un peu mais on sentait qu'elle avait hâte d'y être, d'en finir avec cette première année de médecine à laquelle elle avait beaucoup donné. De temps à autre, Charlotte, sous couvert de parler de son quotidien, tentait de tester ses connaissances mais se faisait vite reprendre : « Maman ! » Marc adorait le ton de Louise dans ces moments-là. Le contraste entre cette personnalité forte et sa petite taille, sa tête d'ado et sa voix haut perchée le fascinait.

Après le repas, Louise rejoignit sa chambre pour réviser. Marc et Charlotte regardèrent un DVD, enlacés sur le canapé. C'était au tour de Marc de choisir le film et il opta pour *Vous avez un message*, avec Meg Ryan et Tom Hanks. Charlotte se moqua : « Tu n'en as pas marre de regarder des films à l'eau de rose ? »

Au moment de s'endormir, Marc chercha les mots adéquats pour révéler à Charlotte ce que Dollande lui avait appris le jour même. Puis il se ravisa, pensant que ce n'était pas forcément le moment... Un début de week-end si agréable, des instants si tendres... Il se promit de lui dire le dimanche soir.

Le samedi, Louise reprit ses révisions dès le petit matin, Marc et Charlotte traînèrent un peu au lit avant d'aller faire leur footing. Charlotte servait de lièvre à Marc : elle avait beaucoup couru pendant ses trois années d'absence, trouvant ainsi sa dopamine quotidienne, celle qui lui avait permis de tenir. L'amour propre de Marc en prenait un coup mais courir derrière elle l'inspirait sérieusement... ! Il perdait progressivement les kilos superflus ramenés du Sénégal.

Après une longue douche et un déjeuner sur la terrasse chez Lily Wang, leur restaurant préféré, Marc et Charlotte prirent le chemin du château de Courson, pour la journée des plantes. Charlotte trouvait la déco de l'appartement un peu froide et avait décrété que quelques touches vertes dans cet intérieur essentiellement noir et blanc seraient du plus bel effet. Le parc de trente-cinq hectares, labellisé « jardin remarquable », était empli de collections de chênes, d'érables, de camélias, de cornouillers qui bordaient les allées du château et les rives du lac et rendaient l'endroit bucolique. Les plantes et les fleurs des exposants complétaient la palette des couleurs jusqu'à l'infini. Marc, emporté par le romantisme de l'endroit et la passion des paysagistes, chargea leur BMW comme une 404 africaine ! Il y en avait partout.

Le dimanche fut à l'image de la veille, une douce et belle journée d'été avant l'heure. Louise fit une pause dans ses révisions pour rejoindre Charlotte et Marc au club de tennis avant le déjeuner. Au programme, une partie acharnée. Ses parents avaient beau être deux pour lui faire face, ils n'en avaient pas moins souffert. Marc était toujours surpris par la violence de ses coups droits. Elle les jouait de face, le corps en suspension dans l'air, et elle giflait la balle avec une vitesse de bras impressionnante. Comment pouvait-elle, du haut de son mètre soixante, frapper aussi fort ? Ses douze ans de compétition de gymnastique lui avaient apporté une tonicité étonnante à laquelle s'ajoutait un talent naturel. Louise les quitta avant leur déjeuner avec François et sa femme, préférant rejoindre l'appartement pour reprendre ses révisions.

Le dimanche soir, au moment d'éteindre la lumière, Marc se tourna vers Charlotte.

« J'ai une bonne nouvelle pour toi.

— Une bonne nouvelle ?

— Tu sais, ton violeur, tu te demandais souvent s'il avait été pris par la police. Eh bien, je peux te dire que c'est le cas. Tu n'as aucun regret à avoir. Ta plainte n'aurait servi à rien.

— Mais, Marc, comment as-tu pu le retrouver, c'est impossible !

— Si, ma chérie. Tes angoisses et tes remords permanents me rendaient malade... J'ai fait ce qu'il fallait. Il s'appelle Paolo Alvez. Il a un casier long comme le bras.

— Mais je ne comprends pas. Comment...

— Lorsqu'il y a un viol, les services des urgences des hôpitaux font des prélèvements ADN et les envoient au laboratoire de criminologie et...

— Mais, Marc, ils ne m'ont fait aucun prélèvement !

— D'accord, mais ils t'ont auscultée ! Et lors de l'auscultation ils font un prélèvement, c'est obligatoire en cas de viol.

— Je n'ai aucun souvenir de ça !

— Tu étais choquée, dans un état second, tu n'as pas fait attention, c'est tout.

— Oui mais j'avais pris une douche et...

— C'est ce que je me suis dit parce que le prélèvement était de très faible importance. Du coup ils n'ont pas pu faire un RFLT, l'échantillon était trop petit. Ils ont utilisé le test PCR. Il suffit d'un ou deux nanogrammes d'ADN. Il y a quelques années ils n'auraient rien pu en tirer.

— Mais ils recherchent la personne à partir de son ADN, même lorsqu'il n'y a pas de plainte ?

— Non, évidemment, ils n'ont pas le droit. Il faut qu'il y ait une action en justice.

— Mais alors...

— Je connais le directeur de la police scientifique. Il m'a rendu service. Il a accepté de faire faire le test et m'a donné le résultat vendredi et...

— Attends, Marc ! Je ne comprends toujours pas : le test ne donne pas l'identité de la personne sauf si...

— Oui, c'est exactement ça. Il a accepté de faire comparer cet ADN avec celui du fichier des violeurs. Et c'est comme ça qu'il a pu me donner le nom.

— Mais alors, il a recommencé après moi ?

— Non. Il a été condamné pour un viol antérieur, quatre mois avant le tien. Il a fait six ans de prison. Ensuite il a récidivé et s'est fait reprendre. Il a alors subi un traitement. Et il a été relâché il y a huit mois. Tu vois, tu peux dormir sur tes deux oreilles maintenant. Personne ne s'est fait violer par ta faute. Personne ! »

Le lendemain matin, Marc quitta l'appartement à 8 h 30. Charlotte, de son côté, avait du temps devant elle, son premier rendez-vous était à 9 h 45. Elle s'installa dans le canapé et feuilleta *Le Point*. Par deux fois, elle leva les yeux, l'air songeur, et tourna la tête vers son Mac, posé sur la table basse. Elle le posa sur ses genoux, alla sur Internet et tapa « Paolo Alvez » dans la barre de recherche Google. La page se remplit instantanément d'articles dont les mots lui sautèrent à la figure : viols, plaintes, coupable, récidive... Elle fut prise de vertige puis reprit son souffle et se pencha à nouveau sur l'écran. Elle cliqua sur le premier article : « Paulo Alvez, le violeur de la porte des Lilas, condamné à neuf ans de prison. » On revenait sur les circonstances du viol de Catherine, une jeune femme de vingt-trois ans, rue Charles-Cros, quatre mois avant celui de Charlotte. Le viol avait été commis dans une baraque de chantier, sous la menace d'une arme blanche. Charlotte se demandait si la victime avait subi, comme elle, un double viol. L'article poursuivait sur le parcours criminel de Paolo Alvez, dit « le Colombien ». Déjà connu des services de police comme dealer à Nanterre, le Colombien avait plaidé coupable et écopé de neuf ans de prison dont six années fermes. Un autre article traitait de la récidive des violeurs et reprenait, à titre d'illustration, le cas de Paolo Alvez qui avait recommencé moins d'un an après sa sortie.

Charlotte revint sur la page de recherche et vit en bas de l'écran : « Paolo Alvez, violeur récidiviste remis en liberté et la loi... » Elle cliqua sur le lien. *Le Parisien* expliquait les conditions de sa libération anticipée : « Paolo Alvez s'était porté volontaire pour subir, pendant sa détention, un traitement dit de castration chimique, consistant en une réduction de la production de testostérone. Il a bénéficié, à ce titre, d'une remise de peine de douze mois. L'ancien détenu n'a aucune obligation de poursuivre ce traitement depuis le rejet par l'Assemblée nationale du projet de loi de Bernard Debré. Le juge n'a en effet, en l'état actuel du droit, aucun moyen de contraindre le bénéficiaire de la remise de peine à continuer le traitement une fois libéré. »

D'un geste brusque, Charlotte fit claquer l'écran sur le clavier et se leva. *Ah, les abrutis ! Il les a bien bernés, ce salaud ! Il va recommencer, c'est sûr !*

Un mois plus tard, un entrefilet du *Parisien* faisait état d'un fait divers : « Un homme retrouvé mort dans une rue peu fréquentée d'Argenteuil. La police s'oriente vers un homicide. Il s'agirait de Paolo Alvez, dit "le Colombien". Multirécidiviste, Paolo Alvez avait été incarcéré deux fois pour viol et à de multiples reprises pour trafic de drogue. »

13

Un mois plus tard

Marc jeta un coup d'œil à sa montre. Il se leva de table, son bol de café en main.

« Charlotte, j'y vais, je suis à la bourre.

— Je suis prête, je vais partir avec toi. »

On sonna à la porte.

« Charlotte, tu peux aller ouvrir ? Tu attends quelqu'un ?

— Non ! C'est sûrement le gardien pour les problèmes d'eau chaude. J'y vais. »

Charlotte ouvrit et fit face à trois hommes.

« Bonjour, Noël, bonjour, messieurs. Entrez je vous en prie mais, vous savez, Noël, ce matin on n'a pas de problème, on a eu de l'eau chaude tout à fait normalement.

— Madame Ludel, ce n'est pas pour l'eau, ce ne sont pas des réparateurs. Ces messieurs sont de la police ; ils m'ont demandé de les conduire jusque chez vous.

— C'est exact. Bonjour, madame. Nous sommes les officiers de police Dejean et Morino. Nous souhaiterions voir votre mari. Il est là ?

— Voir mon mari ? Euh... oui... je... je vous l'appelle. Marc ! C'est pour toi, c'est la police ! Mais pourquoi voulez-vous le voir ?

— Nous avons quelques questions à lui poser.

— Bonjour, messieurs. Marc Ludel. Que puis-je faire pour vous ?

— Nous aimerions vous poser quelques questions dans le cadre d'une enquête pour homicide. Nous vous emmenons au poste de police.

— M'emmener ? Mais, lieutenant, je ne peux pas, j'ai un rendez-vous urgent au bureau. D'ailleurs j'étais sur le point de partir, je suis déjà en retard.

— Monsieur Ludel, nous vous demandons de nous accompagner maintenant. Vous pourrez prévenir votre bureau de votre absence.

— Bien ! Je vous suis... »

Alors qu'ils s'éloignaient, Charlotte entendit l'un des lieutenants préciser à Marc : « C'est dans le cadre de l'enquête sur le décès, *a priori* par homicide, d'un certain Paolo Alvez. » Elle sentit brusquement ses forces l'abandonner et s'appuya sur le chambranle de la porte, livide.

« Monsieur Ludel, vous connaissez le lieutenant Barnes ici présent à qui nous avons demandé de nous assister ?

— Oui, bien sûr. Bonjour, lieutenant. C'est lui qui a été chargé d'enquêter sur ma disparition. C'est à lui que je suis allé me présenter à mon retour. Mais vous assister en quoi ? Je croyais que vous enquêtiez sur un homicide.

— Oui, monsieur Ludel, mais il pourrait y avoir un lien et j'ai tout lieu de penser que vous savez de quoi je veux parler.

— Non, lieutenant, je suis désolé, je ne vois pas.

— Bon, OK ! On va procéder dans l'ordre. Connaissiez-vous Paolo Alvez ?

— Absolument pas, lieutenant. Je n'avais même jamais entendu ce nom avant que vous ne le citiez tout à l'heure.

— Je vous rappelle que nous vous interrogeons dans le cadre d'une enquête de police. Je vous repose la question : connaissiez-vous cet homme ?

— Absolument pas.

— Vous mentez. Nous avons la preuve que vous connaissiez cet homme.

— Impossible, lieutenant.

— Le jeudi 17 juin à 19 h 47, vous étiez bien rue de Montigny à Argenteuil ?

— Je ne me souviens pas. Peut-être... J'ai pas mal de clients dans ce secteur.

— Nous disposons d'une vidéo de surveillance de l'entreprise située au 39 de la rue en question. Elle filme sa clôture et son portail. Et on voit distinctement votre véhicule passer à cette heure-là. Les images matricielles sont de bonne qualité, on les a agrandies et on vous reconnaît au volant, sans aucun doute possible.

— Oui, comme je viens de vous le dire, je devais revenir de chez un client.

— Cette rue est une impasse ! Et c'est là que le corps de Paolo Alvez a été retrouvé. Le légiste situe la mort aux environs de 20 heures. Tout concorde. Vous feriez mieux de tout avouer maintenant.

— Je serais donc allé dans cette rue tuer un homme que je ne connaissais pas ! Et pour quel motif, lieutenant ?

— C'est précisément là que l'aide du lieutenant Barnes nous a été précieuse. Pendant votre disparition de trois années, vous vous droguiez pour oublier, n'est-ce pas ?

— Mais pour oublier quoi, lieutenant ?

— Que votre femme vous trompait ! Barnes n'adhère pas à cette hypothèse mais pour nous c'est la plus plausible.

— C'est parfaitement faux ! Ma femme ne m'a jamais trompé !

— Restez calme, monsieur Ludel. On se fiche de la raison qui vous a poussé à vous droguer mais le résultat est là. Paolo Alvez était votre fournisseur. Il vous donnait rendez-vous dans le fond de cette impasse, un endroit bien tranquille où il n'y a jamais personne le soir, dès que l'entreprise située au 39 ferme. Ensuite le Colombien rentrait chez lui en passant sous la clôture par le fond du lotissement. Personne ne pouvait le voir rentrer, c'était pratique ! Mais ce soir-là il n'est pas rentré. Ça a mal tourné, n'est-ce pas ? Il a voulu vous voler ? Vous faire chanter ? Vous piquer votre voiture ou quoi ? Répondez !

— OK. Vous avez raison, c'était mon fournisseur. Euh... j'ai essayé d'arrêter mais il n'y avait rien à faire, je n'y arrivais pas. J'en ai pris pendant trois ans, vous comprenez ! Trois ans ! Mais pour autant ce n'est pas moi qui l'ai tué...

— Arrêtez de mentir, n'aggravez pas votre cas. Il y a eu une bagarre, Alvez avait une griffure à la base du cou. Mais la cause de la mort serait liée à sa chute... Sa tête a heurté le rebord du trottoir. C'est un homicide involontaire et vos aveux vous serviront. Allez ! La police scientifique a trouvé deux cheveux sur le corps du cadavre. Nous avons aussi fait une analyse d'ADN de contact sur la plaie du cou. Vous savez ce que ça veut dire, l'avocat ?

— Oui... Je sais... Je sais, lieutenant.

— Acceptez-vous que l'on vous fasse un prélèvement d'ADN ?

— Non... Je veux dire, ça ne sera pas nécessaire, lieutenant : cet ADN, c'est le mien. Comme vous l'avez dit, ça a mal tourné. Il voulait me faire chanter. Il m'avait suivi en moto jusqu'au bureau, il avait découvert que j'étais avocat, vous comprenez ! Et puis il y avait ma femme et ma fille... Je ne voulais pas qu'elles sachent...

— Oui, Barnes nous a expliqué votre côté un peu... enfin disons... particulier.

— Je l'ai juste repoussé lorsqu'il a voulu s'en prendre à moi parce que je lui répétais que je ne lui donnerais rien, que je ne paierais pas. Je lui ai même dit que je préférais le dénoncer. C'est là qu'il est devenu fou de rage. Et je l'ai poussé aussi fort que j'ai pu et... euh... je ne sais pas, il a trébuché et sa tête a tapé sur la bordure. C'est un accident, lieutenant, un accident ! Ensuite, je suis parti en courant vers ma voiture mais là... j'ai vu qu'il ne se relevait pas. Je suis revenu pour l'aider, je me suis penché sur lui mais... il ne bougeait plus, il était mort... enfin je crois, je ne sais pas... Alors j'ai paniqué et... je me suis sauvé. Je ne sais pas ce qui m'a pris, j'ai complètement perdu les pédales... je voulais m'en aller, oublier tout ça... ça n'a pas de sens... je voulais faire comme si rien n'était arrivé... Et...

— On comprend. Vous avez paniqué et c'est là tout le problème. Si encore vous aviez appelé des secours... Qu'importe, on ne va pas refaire le film. Écoutez, nous allons vous mettre en garde à vue. Étant donné vos aveux et les éléments dont nous disposons, le juge d'instruction vous mettra en examen rapidement. Il y a de fortes chances que le juge des libertés et de la détention prononce votre détention provisoire sans tarder. Il y a mort d'homme et, comme vous avez déjà disparu pendant trois ans, ça ne prêchera pas en votre faveur ! Vous ne rentrerez pas chez vous ce soir ni les jours suivants. Désolé. »

Marc ne parvenait pas à s'endormir. Il y avait la chaleur, étouffante dans cette cellule de huit mètres carrés sans aucune autre ventilation que celle de cette petite fenêtre qui donnait sur la cour, mais aussi les ronflements de son codétenu et tous ces bruits d'écoulement d'eau, les cliquetis de la tuyauterie. La première journée, il avait été assommé par les bruits métalliques de la prison, ceux des clés des matons qui s'entrechoquaient à chacun de leurs pas, puis grinçaient dans les serrures, précédant le claquement des deux verrous et le couinement des lourdes portes métalliques sur leurs gonds. Le tout, juste avant que les mouvements ne s'inversent, ne se répètent et que ceux des deux autres blocs ne leur fassent écho. L'enfer dans la tête, une présence permanente et lancinante. À devenir dingue.

L'isolement, la promiscuité – jusqu'à faire ses besoins devant son codétenu et avoir l'impression que son regard éteint ne s'anime qu'à cet instant – n'étaient rien comparé à ce bruit qui vous habite au point de croire qu'il finira par vous rendre fou.

Marc avait attendu la première soirée, la première nuit, comme un alpiniste pris dans la tempête, à bout de force, rêve d'atteindre le refuge qui lui sauvera la vie. Après l'extinction des feux, il avait découvert, les uns après les autres, les bruits de la nuit, moins violents mais tout aussi présents. Parfois des cris déchiraient soudain l'obscurité, ceux hystériques d'un détenu au bout de lui-même.

Marc savait qu'il ne perdrait pas pied : entouré par l'amour des siens, il se sentait presque invincible. C'était son antidote. Sans lui, dans le plus bel endroit du monde, il avait craqué et atteint les confins de lui-même ; mais avec lui il pourrait se tenir debout et digne jusqu'aux portes de l'enfer.

Ce soir, il ne parvenait vraiment pas à s'endormir : demain, c'était le jour des visites.

Le jour suivant, à 10 heures précises, un gardien vint chercher Marc dans sa cellule pour l'emmener au parloir de la rue Messier. Marc aimait cet instant ; la perspective de voir Charlotte, Louise ou François, qu'il avait pris pour avocat, était un moment de réconfort essentiel pour tenir dans ces lieux. Pour aller du bloc A, celui des « Occidentaux », jusqu'au parloir, il fallait entièrement traverser la maison d'arrêt. On ne lui laissait pas le droit de passer par les cours et le « jardin » ; mais parcourir seul la rotonde et les couloirs de circulation lui donnait presque un sentiment de liberté. Ce mercredi 7 juillet, il enchaînait les visites : celle de François pour évoquer sa défense, puis celle de Charlotte, vitale.

« Salut, Marc. Comment ça va ? Tu tiens le coup ?

— Sincèrement, ça ne va pas si mal, François. Après toi, je vais au parloir, il y aura Charlotte.

— Tant mieux parce que j'ai une mauvaise nouvelle. Je n'arrive pas à te faire placer dans le quartier VIP, il n'y a rien à faire.

— Je n'étais même pas au courant que tu avais fait une demande !

— Marc ! Je te l'ai dit en sortant de l'audience avec le JLD !

— Je devais être ailleurs. De toute façon il n'y a que quatorze cellules VIP, alors les places sont chères, je m'en doute... Et puis sincèrement, tu veux que je te dise, je m'en fous : je ferai face à tout. Bon, on devait parler de l'appel de la décision de mise en détention provisoire...

— Tu me balades avec ça ! Tu sais très bien qu'il n'y a pas de fait nouveau. Et c'est trop tôt : on n'a aucune chance d'aboutir en faisant appel, on fera une demande en temps utile.

— Je te balade ?

— Oui ! Je veux qu'on parle du fond. Tu as bien fait d'avouer parce que, entre ton ADN et la vidéo de surveillance, la marge de manœuvre était nulle... Des aveux rapides, c'est toujours mieux.

— Alors c'est quoi, ton problème ?

— Tu le sais parfaitement : je ne crois pas une seconde à ton deal de drogue qui a mal tourné.

— C'est pourtant ce qui s'est passé...

— Arrête tes conneries ! Je suis ton associé, je suis ton ami, merde ! Je te voyais tous les jours au cabinet, même le week-end on ne se lâchait pas ! Je sais très bien que tu ne te droguais pas, sinon je l'aurais remarqué. C'est des conneries, ton truc ! Tu me prends vraiment pour un con, Marc ! À quoi tu joues, bordel ? Dis-moi la vérité !

— La vérité ? Mais tu l'as ! C'est un homicide involontaire et c'est ça que tu as à plaider ! Le pourquoi n'y changera rien.

— Le pourquoi n'y changera rien ? Mais qu'est-ce que tu en sais ! Tu vas aux assises pour homicide, nom de Dieu ! Tu te rends bien compte de ça ? »

À cet instant Marc vacilla. François perçut son hésitation et insista ; la vérité ne pouvait pas être pire que l'histoire du moment, celle d'un avocat drogué qui aurait tué son dealer en allant chercher sa dose ! François entendait déjà ces mots dans la bouche du procureur, des mots qui allaient faire mouche. Marc finit par lâcher et raconta toute l'histoire, le viol de Charlotte et ses conséquences. François le laissa vider son sac sans l'interrompre. Plusieurs fois, il prit dans ses bras son ami étouffé par l'émotion, assailli par les souvenirs de sa souffrance et de celle de Charlotte.

« Mais, Marc, pourquoi es-tu allé voir ce mec, dans quel but ?

— Je ne sais pas exactement. Charlotte, elle, était torturée de ne pas avoir porté plainte et moi, une fois que j'ai retrouvé son identité, je suis devenu comme obsédé, je voulais aller lui dire tout le mal qu'il nous avait fait. Il n'a pas commis qu'un viol... Je voulais qu'il se rende compte et...

— Mais nom d'un chien, tu croyais peut-être qu'il allait avoir des remords ? Tu les connais, ces malades, pourtant. C'est plus de l'idéalisme, c'est de la connerie intégrale.

— Tu m'aides vachement, là !

— Excuse-moi. Mais maintenant que je sais le calvaire que vous avez traversé, ça me rend dingue de voir dans quelle galère tu t'es mis. C'est impensable.

— Tu vois, tu sais tout mais ça ne change rien, tu ne peux même pas t'en servir pour me défendre. La vérité me donne un mobile. Au mieux, on dira que je suis allé le voir pour le frapper et que ça a mal tourné. Au pire, on dira que je voulais le tuer. Dans tous les cas, l'intention de lui faire du mal était là, ce n'est plus du tout un accident fortuit.

— Évidemment, dis comme ça, tu as raison. Mais tu omets l'impact de ton histoire sur un jury populaire... Il faudrait vraiment que les jurés soient sans cœur... Et imagine le procureur ! S'il requiert une peine trop lourde, le jury aura l'impression qu'il frappe un homme à terre... Écoute, l'option de la vérité, moi je ne la sens pas si mal que ça. En tout cas bien mieux que ton histoire d'avocat drogué qui tue son dealer, même par accident comme tu dis.

— Tu plaiderais quoi ?

— Je demanderais l'acquittement. Il n'y a pas de témoin oculaire, tu pourrais revenir sur tes aveux. Il y a une chance mais... ça ne te ressemble pas et ça serait en contradiction avec ton histoire... Non, tu es quelqu'un de digne, d'honnête, un peu naïf, trop idéaliste, alors... tu assumes ta culpabilité. Ça, c'est toi ! Et je demanderai alors la dispense de peine parce que de la peine, pour le coup, tu en as déjà eu ! Tu vois : je me glisse dans ta robe, j'applique ton principe, celui qui a toujours fait ta force. Dire la vérité, utiliser la vérité... et là, elle n'a même pas besoin d'artifice !

— Mais tu te rends compte pour Charlotte et Louise ?

— Marc ! Tu es devant les assises, tu peux prendre cinq ou six ans de prison ferme, bordel ! Ni Charlotte, ni Louise n'ont besoin de ça, tu ne crois pas ? Et puis Charlotte est plus forte que tu ne le penses ! Pose-lui la question, Marc !

— OK, je vais lui en parler, je la vois dans deux minutes au parloir.

— Après je veux que vous me disiez tout, que chacun d'entre vous me dise tout, dans les moindres détails. Tout peut m'être utile. J'irai voir Charlotte et je viendrai ici tous les jours. Il ne faut plus qu'on perde de temps maintenant, le procès a lieu en septembre.

— Merci, François.

— Tu me remercieras après le procès. Tu sais, Marc, aujourd'hui, devant l'urgence, c'est l'avocat qui est à l'œuvre. Mais l'ami aussi a souffert. Quand je pense à ce que tu as vécu, à ce que vous avez enduré avec Charlotte... »

Assis face à face, Charlotte avait posé ses mains sur la table ; Marc les lui prit. Il puisait chez elle l'énergie indispensable pour affronter son quotidien. Il ne la quittait pas des yeux. Elle était la preuve qu'il fallait tenir. Elle incarnait cette vie qui lui échappait à nouveau. Mais qu'il retrouverait avec le temps. Cette fois, il le savait et ça faisait toute la différence. Marc mesurait en ces instants la détresse de ceux qui, sans cet espoir, voyaient alors le temps s'étirer à l'infini, une lutte sans lendemain, une lutte pour rien.

Mais aujourd'hui, alors que Marc avait, d'entrée de jeu, confié à Charlotte qu'il avait craqué et tout raconté à François, le ton montait entre eux. Charlotte n'était pas d'accord, tout dire ne changerait rien et donnerait juste un mobile à son acte. Marc, déconcerté par la fermeté de cette prise de position, s'inquiéta fort maladroitement des motivations de Charlotte.

« Ce n'est pas plutôt la révélation publique de ton viol qui te pose un problème ?

— Mais qu'est-ce que j'en ai à foutre ? On en est vraiment plus là maintenant ! Ce n'est pas le sujet !

— Il vaut mieux un mobile avec des circonstances atténuantes plutôt qu'une banale affaire de drogue.

— Te rends-tu compte que Louise va découvrir dans une salle d'audience que tu n'es pas son père ? Tu n'y as pas pensé ! Je ne te reconnais pas ! C'est peut-être parce que ce n'est pas ta fille, c'est ça ?

— Charlotte ! Comment peux-tu dire un truc pareil ? C'est dégueulasse !

— Mais parce que tu l'as oublié, Marc, tu l'as totalement oublié !

— Non, je ne l'ai jamais oublié, crois-moi ! C'est toi qui m'as raconté qu'elle avait un gros doute. Lorsqu'elle est partie habiter chez mes parents, elle t'en voulait. Elle pense que tu m'as trompé. Elle ne t'en a jamais reparlé pour ne pas remuer le couteau dans la plaie mais elle le pense. Le viol, c'est peut-être mieux. Même pour Louise, la vérité est la seule solution possible.

— Le viol mieux que la tromperie ? Elle va découvrir que tu n'es pas son père. Tu sais ce que c'est pour une enfant ? Elle va découvrir qu'elle est la fille d'un violeur !

— C'est vrai, c'est horrible mais Louise n'est plus une enfant ! Elle a le droit de savoir. On n'aurait jamais pu garder ce secret toute notre vie, il aurait bien fallu lui dire un jour.

— Je ne sais pas. Je ne sais plus. Tu as peut-être raison.

— Fais-moi confiance, Charlotte. Et pour Louise, je m'en charge. Surtout, ne lui en parle pas, pas un mot. Je lui dirai, ici au parloir, la veille de l'audience. »

14

Les trois jours de procès s'enchaînaient. La machine judiciaire était en marche, réglée comme une horloge. Elle n'avait connu qu'un incident la première matinée, lorsque le juge avait relevé une différence entre le bordereau des pièces à conviction et les numéros qui figuraient sur ces dernières. Le greffier en avait pris note mais c'était sans incidence dès lors que le procureur avait confirmé l'erreur de numérotation sur les pièces mais qu'il n'en manquait aucune. Le troisième jour d'audience était celui des plaidoiries. Marc semblait épuisé. Ce n'était pas les trois mois de prison qui l'avaient éreinté mais la violence des émotions des deux jours précédents. Il avait, au gré des témoignages, refait tout le chemin et tout revécu : sa souffrance et celle de Charlotte.

François n'avait pas ménagé sa peine et mis en œuvre sa stratégie inspirée de Napoléon : « La tragédie chauffe l'âme, élève le cœur, peut et doit créer des héros. » Il s'était répété cette phrase, comme une ritournelle, tout au long des semaines précédentes, persuadé que le jury serait touché par le spectacle des passions humaines et des catastrophes qui en sont parfois la fatale conséquence, ajoutant que celle-ci était certainement la pire de toute. Il avait ensuite, par la bouche de ses témoins, minutieusement reconstitué la vie de Marc et Charlotte avec pour point d'orgue le témoignage du viol par Charlotte elle-même : des instants horribles, précisément détaillés, des gestes implacables parfaitement décrits, qui avaient glacé l'assistance et les jurés et fait pleurer ensemble témoin et accusé ; puis celui de Papis, qui retraça le parcours d'un homme emporté par le désespoir jusqu'à sa déchéance. François avait fait de Marc ce qu'il était vraiment : un idéaliste amoureux, porteur de valeurs d'un temps révolu... une sorte de héros d'un autre âge sur lequel la malchance s'était acharnée.

Et aujourd'hui, Louise était dans l'assistance. Ce n'était pas prévu. François, Marc et Charlotte avaient décidé qu'elle n'avait rien à faire là, qu'elle ne devait pas se rendre au procès. Louise était pourtant là. Mais pourquoi ? Marc était inquiet. Pendant toute la plaidoirie de la partie civile et le réquisitoire, il chercha son regard et c'est tout juste s'il entendit le brouhaha s'élever dans la salle lorsque le procureur requit cinq ans de prison. Finalement elle releva la tête au moment où François s'avança vers les jurés pour plaider à son tour. Marc vit dans les yeux de Louise un mélange de panique et de désespoir ; il y répondit par un clin d'œil discret et un sourire dont il se serait pourtant cru incapable. François se lança enfin.

« Monsieur le président, mesdames et messieurs les jurés, vous le savez maintenant, vous l'avez entendu, vous

l'avez compris, nous jugeons aujourd'hui une victime. La loi ne peut pas tout prévoir, ne peut pas tout régenter. Elle qualifie l'acte, le codifie, lui donne une consonance judiciaire, et c'est ainsi qu'un accident regrettable se transforme en un homicide involontaire. Elle qualifie l'acte mais ne parvient pas à intégrer le contexte, et comment pourrait-il en être autrement ? La vie n'a pas de limite, ne fait pas d'autocensure ! Dès lors, comment la loi aurait-elle pu intégrer la toile de fond, l'enchaînement de faits et de souffrances qui ont amené Marc Ludel à se retrouver devant vous aujourd'hui, dans le box des accusés ? Le législateur, dans son infinie sagesse, a prévu ce cas et vous a délégué le pouvoir de dire le droit, de définir ce qui est juste et ainsi de rendre la justice. Ce faisant, il en a appelé à l'impalpable, aux sentiments, au ressenti, à l'humain afin que, si la loi accuse à tort, les cœurs puissent absoudre.

Je pourrais axer ma plaidoirie sur les actes du défunt, sur ce violeur récidiviste, sur ce broyeur de vies. Je pourrais user et abuser des mauvais sentiments, du dégoût qu'il vous inspire peut-être, pour que certains d'entre vous pensent finalement que c'est uniquement le hasard, ou pire une main divine, qui a placé sous sa tête cette bordure qui l'a emporté. Mais je n'en ferai rien. J'aimerais que ce soit des sentiments nobles, le partage de la souffrance qui emportent votre conviction et vous disent que c'est assez, qu'il faut que ça s'arrête là, que plus personne n'a à payer pour ce qui est arrivé, pour ce qui s'est passé. Dans cet esprit, et puisque nos cœurs maintes fois chavirés ont pu perdre le fil de l'enchaînement improbable qui a amené Marc Ludel à se retrouver devant vous aujourd'hui, je souhaite juste vous rappeler les faits et leurs terribles conséquences. Et puisque le législateur a voulu que ce soit l'humain, le ressenti d'un jury populaire, qui juge aujourd'hui, je n'omettrai aucun détail. Certains d'entre eux sont particulièrement intimes et étaient parfois même encore ignorés par l'un ou l'autre des époux il y a quelques semaines à peine.

Marc et Charlotte se sont croisés dans un aéroport mais ne se sont pas rencontrés par hasard. Marc a vu Charlotte descendre d'un taxi et a ressenti une envie irrépressible de la suivre, il était comme poussé par une main invisible. Il savait que c'était la femme de sa vie. Évidemment, c'était déjà un idéaliste, un romantique, mais il ne s'était pas trompé et ces deux-là étaient vraiment faits l'un pour l'autre, les témoignages de leurs amis vous l'ont confirmé. C'est un amour comme on en rencontre peu, un amour fusionnel, dans lequel on ne vit que pour l'autre ou que par l'autre. Dans leur monde, le "je" n'existe pas, le "nous" l'a fait disparaître à jamais. Ils s'étaient battus pour se lancer dans la vie, Charlotte pour être médecin et Marc pour être avocat. Leur vie justement s'annonçait sous les meilleurs auspices ; ils ne le devaient qu'à eux-mêmes, jusqu'au jour où cet homme... s'est jeté sur elle ! Il ne l'a pas seulement violée, il les a envoyés tous les deux en enfer. Trois ans de dépression, d'électrochocs, de souffrance. Et ensuite, lorsqu'enfin ils ont cru émerger, cet acte odieux a continué à distiller son venin dans leur quotidien. Charlotte, au gré de détails troublants, tel celui d'une allergie héréditaire de Louise sans ascendant pour la justifier, a fini par appréhender l'improbable, l'incroyable, l'insupportable... Elle a essayé de protéger leurs vies, à tous les trois, en niant ce qui devenait chaque jour plus évident... Mais le venin a poursuivi son chemin, détruisant leurs vies et leurs envies. Marc et Charlotte auraient voulu avoir trois enfants, ils le désiraient intensément, ils en avaient le droit mais ils n'en parlaient pas. Marc, ignorant le viol, avait attribué la dépression de Charlotte à sa grossesse et ne voulait à aucun prix qu'elle vive cela une nouvelle fois. Il ne lui en a jamais dit mot, tout simplement parce qu'en exprimant ce manque il l'aurait fait souffrir. De son côté, Charlotte essayait d'être à nouveau enceinte mais cela ne marchait pas. Elle pensait que Marc avait un problème de fertilité mais comment aborder la question alors que Louise était là ? Quelle souffrance, encore ! En réalité, comme cela a été parfaitement établi à la suite d'une récente consultation médicale opérée à ma demande, la violence du traumatisme subi par Charlotte et sa dépression ont bloqué ses ovulations. Le venin s'était distillé jusque-là, jusqu'au cœur de son intimité. Mais le poison n'avait pas encore fini son chemin, il allait toujours plus loin, doucement, sournoisement. Louise, qui grandissait, avait remarqué les silences ou les sourires gênés de ses parents lorsqu'elle demandait un petit frère. Avec le temps, elle en avait conclu qu'il y avait un problème, allant jusqu'à penser qu'elle était un bébé éprouvette. Elle n'y voyait rien de perturbant mais elle n'en parlait pas puisque ses parents n'en faisaient rien. Elle souffrait juste de ne pas avoir de frères et sœurs. Et puis finalement, au fil du temps, chacun a fait le deuil de ses envies et au moment où tous les trois auraient pu retrouver une sorte d'équilibre, le hasard a voulu que Marc découvre que sa fille n'était pas sa fille. Une découverte violente sur le terreau fertile d'un idéaliste et amoureux transi. Une véritable explosion destructrice entraînant la volonté d'en finir avec cette vie dans laquelle il avait tout perdu, qui n'avait été en fait qu'une illusion. Ensuite ? Encore trois années d'abandon, de déchéance, de désespérance, d'un côté comme de l'autre. Et la souffrance pour Charlotte et Louise d'avoir perdu un mari aimé et un père adoré. Là, à cet instant, on a envie de dire stop, de croire que l'on a atteint le paroxysme de la douleur, le seuil de l'humainement supportable... mais non ! Le venin a poursuivi son chemin, allant jusqu'à détruire la relation mère-fille. Quelle explication pour Louise à la disparition de son père ? Évidemment, comme beaucoup d'autres, elle a fini par croire, sans que Charlotte ne puisse lui dire la vérité pour la protéger, à une incartade de sa mère. L'enfer, encore, toujours !

Et puis les retrouvailles, furtif instant de bonheur avant qu'il ne faille reconstruire la relation père-fille, gérer les angoisses de Charlotte de ne pas avoir porté plainte tout en répondant aux questions incessantes de leur entourage. La paix, on la cherche, on la voudrait, là, maintenant, enfin ! Mais non ! Louise, qui se croit bébé éprouvette, décide de faire médecine ; la conjonction de son état supposé et de ses études médicales lui fait découvrir que son groupe sanguin n'est pas compatible avec celui de son père, ce père qui répond d'ailleurs si mal à ses questions sur sa propre disparition. Elle serait donc, peut-être, le fruit de l'incartade de sa mère ? Cela expliquerait tout ! Elle n'a plus de père mais elle n'en parle à personne et tente de gérer ça seule, de vivre avec sans en dire un mot, pour épargner ses parents. Marc, lui, retrouve le violeur de Charlotte pour l'apaiser, elle, mais devient obsédé à l'idée d'aller dire à cet homme tout le mal qu'il a fait. Il faut bien que quelqu'un le fasse pour qu'il se rende compte, qu'il comprenne. Acte fou d'un idéaliste écorché vif par trop d'années de souffrance. L'homme l'agresse et voilà que la malchance abuse à nouveau en plaçant cette bordure juste sous sa tête alors qu'il trébuche et chute lourdement.

Monsieur le président, mesdames et messieurs les jurés, voilà le résumé de l'enfer vécu par la famille Ludel ; multipliez-le par vingt ans et par trois vies et vous aurez une idée des souffrances accumulées. Une famille qui avait mis toutes les chances de son côté et qui demandait juste le droit de jouir de la vie, comme chacun d'entre nous. Mais un violeur, un criminel, est passé par là et a transformé leurs attentes en un lit de souffrances. Aujourd'hui, vous pouvez arrêter cela, arrêter ce supplice, cet enchaînement infernal. Aujourd'hui, vous êtes attributaires de leurs destins, il est entre vos mains. Vous pouvez considérer, comme moi, que Marc Ludel est une victime, mais si vous pensez qu'il est coupable, vous devez vous souvenir de son histoire et reconnaître, pour le moins, qu'il a déjà purgé sa peine. On dit que l'équité vient du cœur et la justice de la raison mais aujourd'hui les deux vous invitent à suivre ma demande d'absence de peine et de mise en liberté immédiate. Le cœur et la justice vous en sauront gré. »

François regagna sa place aux côtés de Marc dans l'épais silence qui avait empli la salle. L'auditoire était encore sonné par tant de malheurs et de souffrances que François avait regroupés et jetés comme un tout à la face de chacun. Il s'assit sans le moindre bruit et réalisa que ce silence empreint de gravité était un allié inestimable, qu'il pénétrerait les consciences plus profondément encore que ses propres mots.

Marc attrapa le bras de François.

« La vérité est toujours la meilleure défense, même dans mon cas. Tu avais raison, François.

— Arrête, Marc ! Je t'en prie ! Je sais que ce n'est pas la vérité. Mais pour toi, pour mon ami, j'ai menti. »

À cet instant, le président du tribunal reprit la parole.

« Mesdames et messieurs, la cour se retire pour délibérer. Vous serez informés de son retour en audience pour le prononcé du jugement. Gardes, veuillez emmener le prévenu. »

Les deux policiers encadrèrent Marc mais il ne bougea pas.

« Levez-vous et veuillez nous suivre. »

Il resta là, assis et parfaitement immobile, son regard planté dans celui de François. Et puis, lorsque les yeux de son ami se plissèrent finalement sous l'effet d'un sourire, Marc se leva enfin.

« Merci, François. Je suis à vous, messieurs. Maintenant, vous pouvez m'emmener. »

La cour délibéra pendant quarante-cinq minutes.

À son retour en salle d'audience, elle déclara Marc coupable.

Mais au prononcé de la peine, la salle bruissa de soulagement : trois mois et deux jours d'emprisonnement. Le président, qui donnait habituellement quelques éléments sur les motivations de la décision, n'en fit rien cette fois-ci mais déclara :

« Monsieur Ludel, vous avez déjà purgé l'intégralité de votre peine, au jour près. Vous êtes en conséquence remis en liberté dès maintenant. Monsieur, vous êtes libre. »

15

Les hôtesses venaient de débarrasser les plateaux des petits déjeuners. Marc constata que Charlotte et Louise s'étaient endormies. Il savait qu'il ne trouverait pas le sommeil, l'excitation de revenir au Sénégal était trop forte. Il éprouvait un sentiment ambivalent, un mélange de plaisir et d'inquiétude. Il allait revoir ses amis, ceux avec qui il avait passé près de trois ans, mais dans un contexte tellement différent. Il avait vécu là comme un homme perdu et il revenait apaisé avec Charlotte et Louise. Seul, dans l'un des plus beaux endroits du monde, il avait perdu pied alors que, porté par ses proches, il avait enduré jusqu'à l'isolement de la prison de la Santé, presque sans souffrance. Le risque de ce retour, en réalité, ce n'était pas les autres ni une vision différente des autres, mais bien le repli sur soi, celui qu'entraîne immanquablement la saturation des sentiments, qu'ils soient heureux ou destructeurs. L'excès de bonheur ou de désespoir, en emplissant l'esprit de l'être humain, peut aboutir à un résultat identique : l'autosuffisance, l'imperméabilité à autrui. Finalement, ses réflexions chassaient ses inquiétudes, il devrait juste profiter du bonheur tout en veillant à se montrer aussi concerné et disponible pour autrui qu'il l'avait été lors de ses six derniers mois au Sénégal. Curieusement, il sentait maintenant le sommeil l'envahir et sa dernière pensée fut pour Charlotte et Louise, qui avaient accepté de partir au Sénégal au pied levé, seulement quatre jours après la fin du procès. D'ailleurs, c'était Charlotte qui avait la première lancé l'idée de partir au Cap. Lors du procès de Marc, dans ce moment de détresse, voir Papis à la barre avec la petite Yacine dans ses bras l'avait touchée au plus profond d'elle-même. Elle avait discuté avec lui sur les marches du Palais de justice à l'issue de la deuxième journée d'audience. Leur conversation l'avait étonnée et émue. Son visage calme et lisse, presque impassible, sa voix douce et ses propos toujours mesurés donnaient à cet homme une profondeur étonnante. Il semblait encore jeune, mais il parlait comme un vieux sage. Charlotte s'était demandée s'il avait su prendre autant de recul par lui-même ou si c'était la vie qui l'y avait contraint. Elle avait senti à quel point Papis aimait Marc. Elle ne savait dire si c'était ce sentiment qu'ils partageaient ou la personnalité de Papis, mais elle s'était immédiatement sentie proche de lui et leur discussion l'avait un peu apaisée. En le quittant, elle lui avait promis de venir le voir au Sénégal.

Après avoir récupéré leurs valises au pied d'un baobab, ils marchèrent tous les trois vers la barrière d'entrée de l'aéroport pour trouver un taxi de fortune. Ils traînaient leurs bagages sur le sol sablonneux ; la chaleur chargée de la moiteur de la saison des pluies les saisissait. Soudain, une voix tonitruante déchira l'air.

« Oh, mon ami ! Tu es là ! Viens dans mes bras ! »

Tous trois relevèrent la tête. Il était devant eux, à une vingtaine de mètres, derrière la barrière, les bras grands ouverts, énorme dans son boubou jaune et noir rehaussé de son foulard assorti. Il était l'Afrique à lui seul, c'était Léon.

« Je serais bien venu vous aider, mais on n'a plus le droit d'entrer maintenant, on ne peut plus passer la barrière. Bientôt on va tout réglementer, comme chez vous ! Allez, je vous emmène en voiture, *inch Allah* !

— Léon ! Mais qu'est-ce que tu fais là ?

— Je passais par hasard... Mais non, mon ami ! Papis m'a prévenu et je suis venu vous chercher ! »

Léon referma ses bras énormes sur Marc. Il l'avait presque fait disparaître dans son boubou. Marc présenta Charlotte et Louise et ce fut leur tour d'embrasser l'Afrique.

« Je dois d'abord passer chez un couple de clients, des Belges qui ont fait construire une maison sur la baie de Boucotte. Ça va prendre cinq minutes. Ensuite on file chez Papis. »

La maison était orange et couverte d'un toit de chaume. Bien que récente, elle respectait la tradition architecturale diola. Léon y pénétra sans même sonner. Ils traversèrent le patio puis le séjour pour rejoindre le jardin.

À l'instant où Marc posait le pied sur la terrasse, une clameur s'éleva et le son des djembés emplit instantanément l'espace. Ils étaient tous là, les bras levés, les corps ondulant au rythme des percussions. Cinquante personnes. Certains brandissaient des banderoles sur lesquelles on pouvait lire « Bienvenue Monsieur Paul ». Kourra, la présidente de l'association Une femme, un toit, était à l'origine de cette surprise. Elle fut la première à s'avancer vers Marc pour l'embrasser.

Ils passèrent deux heures tous ensemble, entre buffet improvisé sous les cocotiers et spectacle traditionnel de danse diola. Marc fut invité par l'un des danseurs du spectacle des masques à le rejoindre, sous les regards hilares de Charlotte et Louise. Sur le point de partir, Marc s'inquiéta de l'absence de Yaya ; il apprit qu'elle était à la maternité du Cap et sur le point d'accoucher.

Durant l'heure de brousse les menant vers les rives du *bolong*, les discussions allaient bon train entre Papis, Léon et les trois Ludel. Papis les guida ensuite vers leur case. Charlotte s'étonna de ne pas reconnaître les lieux que Marc lui avait décrits. Papis s'esclaffa.

« C'est normal, je vous ai donné la plus luxueuse de mes quatre cases, celle avec un impluvium. C'est plus confortable et beaucoup moins chaud. Vous méritez bien ça ! »

Le soir, Yacine se joignit à eux et ils dînèrent tous ensemble dans la hutte centrale après une dizaine de minutes de silence pour laisser Charlotte et Louise découvrir les innombrables chants de la faune africaine au soleil couchant. Du sifflement le plus strident au chant le plus mélodieux en passant par les hululements gutturaux, le récital fut de toute beauté. Léon compléta cette palette de sons inconnus par celui de son rire incroyable qui ponctua le repas. À la fin du dîner, pendant qu'elle faisait la vaisselle avec Papis, Charlotte le prit dans ses bras et le remercia pour tout ce qu'il avait fait pour Marc et pour cette journée pleine d'amour et d'attention. Pendant leur discussion, elle lui confia qu'elle était un peu inquiète pour Louise, qui lui semblait absente par moments depuis quelque temps déjà. Charlotte avait, par deux fois, tenté de lui parler du procès, du viol notamment, mais dès qu'elle avait abordé le sujet, Louise s'était murée dans un silence glacial avant de quitter la pièce. Charlotte avait terminé en disant à Papis que ça lui avait fait mal, qu'elle avait imaginé que Louise aurait au moins fait preuve de compassion. Papis ne fit aucun commentaire.

Le lendemain matin, après le petit déjeuner, Charlotte accompagna Marc pour son footing « initiatique » jusqu'à l'océan.

Louise préféra aller à la pêche avec Papis. La marée montante s'unissait aux coups de rames, la pirogue filait vite sur les flots du *bolong*. Ils discutaient de leurs vies, de Marc, que Papis appelait encore parfois Paul. Sur le chemin du retour, alors qu'ils n'étaient plus qu'à quelques centaines de mètres de la hutte, Papis confia à Louise que Charlotte la trouvait parfois un peu absente. Immédiatement, le regard de Louise s'assombrit.

« Écoute, Louise, je vais te confier un secret, quelque chose que je n'ai jamais dit à personne.

— Pourquoi me le confier alors ?

— Parce que, pour la première fois, je crois que cela peut être utile.

— Utile ?

— Oui, je crois que cela t'aidera. Tu vois, la petite Yacine, je l'adore, je l'aime plus que tout au monde.

— Je te crois : ça se voit comme le nez au milieu de la figure. Mais pourquoi tu me dis ça ?

— Parce qu'en réalité ce n'est pas ma fille, c'est celle de mon frère. Il a été tué avec sa femme lors des affrontements de 2004 avec les rebelles indépendantistes à Ziguinchor. J'habitais Dakar et je l'ai recueillie. Yacine avait six mois et je suis venu m'installer ici pour être tranquille. Je n'en pouvais plus de Dakar et ici personne ne me poserait de questions sur elle.

— Elle le sait ?

— Non, je ne lui ai pas dit, elle est encore trop jeune. Je lui dirai dans quelques années, lorsque nous aurons fait un si grand bout de chemin ensemble que cela n'aura vraiment plus d'importance, *inch Allah* !

— Je comprends bien pourquoi tu m'as raconté ça, mais je ne suis plus perturbée d'avoir découvert que Marc n'était pas mon père biologique. Comme tu le dis, ça n'a plus d'importance. Celui que j'aime et qui m'aime, c'est lui, un point c'est tout.

— Mais alors, qu'est-ce qui te perturbe ? »

Louise éclata en sanglots. Papis lâcha ses rames et vint s'asseoir à côté d'elle.

« C'est un secret, Papis. Toi aussi, tu en avais un et tu ne l'avais jamais dit à personne.

— Louise, ce n'est pas pareil, mon secret ne me fait pas mal. Toi, il te fait souffrir. Sinon tu ne pleurerais pas ainsi !

— Oui, c'est horrible. Et je vais tellement décevoir ma mère.

— Tu dis des bêtises. Charlotte s'inquiète pour toi, elle souffre et elle finira par aller encore plus mal si tu ne lui dis pas. Fais-le ce soir. Dis-lui, Louise.

— Je ne sais pas si j'y arriverai. »

Papis avait apporté le poisson et le riz. Il s'éclipsa sous prétexte de réparer le vieux groupe électrogène.

En s'éloignant, il fit un petit signe discret à Louise. Son visage se crispa. Puis des larmes coulèrent sur ses joues.

« Pourquoi pleures-tu, ma chérie ? »

Charlotte prit sa fille dans ses bras.

« Papa ! Je n'en peux plus... Dis-le à maman, tout de suite. Je t'en supplie ! Fais-le, sinon c'est moi...

— Mais me dire quoi, Marc ?

— Charlotte, depuis la fin du procès, je voulais te le dire mais je n'y arrivais pas, j'avais l'impression que ce n'était jamais le bon moment et je...

— Mais me dire quoi, Marc ! Arrête avec tes périphrases, nom de Dieu !

— Ce n'est pas sur moi que s'est jeté le Colombien ce soir-là.

— Mais sur qui alors ? Marc ! Sur qui ?

— Sur Louise. Tu comprends ce que ça veut dire ?

— Quoi ? Qu'est-ce que c'est que cette histoire ?

— Ce soir-là, Louise m'a appelé sur mon portable, un peu avant 20 heures. Elle pleurait, elle paniquait, elle répétait sans fin : "Il ne bouge plus, papa, il est mort, il est mort !" J'ai eu toutes les difficultés du monde à comprendre la situation. Louise était même incapable de lire le nom de la rue où elle se trouvait. J'ai sauté dans la voiture et, vingt minutes plus tard, j'étais sur place. J'ai pris la décision de m'accuser dès que j'ai constaté le décès du type. L'endroit était désert, aucun témoin, et je connaissais mieux que quiconque les vérifications que ferait la police judiciaire. Alors j'ai griffé le cou du Colombien et déposé deux de mes cheveux sur son corps. J'ai ensuite vécu avec l'angoisse qu'on ne découvre Louise remontant la rue sur la vidéo de surveillance de l'entreprise située à l'angle qui filmait son portail et donc aussi le trottoir. En cas d'arrestation, il fallait que j'avoue très rapidement pour éviter que la police ne poursuive davantage l'enquête et ne découvre la vérité. Voilà, tu sais maintenant, Charlotte.

— Mais que faisait Louise là-bas ? »

Louise prit les mains de sa mère. Elle les serrait très fort. Puis elle la fixa, droit dans les yeux. Elle prit sa respiration et étouffa un dernier sanglot. Puis, d'une seule traite, comme si elle se délivrait d'un secret trop lourd, elle résuma l'enchaînement qui l'avait conduite face à cet homme.

Elle avait voulu faire une recherche sur l'ordinateur de Charlotte. Lorsqu'elle avait cliqué sur l'icône Internet, une pleine page d'articles sur Paolo Alvez s'était affichée. Il y était question de viols et de drogue, des sujets habituels pour son père. Sauf que Marc n'utilisait jamais le Mac puisqu'il ne savait tout simplement pas s'en servir... Alors pourquoi Charlotte s'intéressait-elle à la vie de ce violeur ? En découvrant la date du premier article de presse, l'année de sa propre naissance, elle s'était interrogée : et si Charlotte avait été violée par cet homme et ne l'avait jamais dit pour la protéger, pour les protéger ? Un scénario douloureux mais qui apportait une explication logique à toutes ses interrogations. Cette mère qui avait d'abord nié avoir trompé son père et qui finalement avait cessé de contester ce point sans jamais l'avouer... Ce père qui n'expliquait pas vraiment sa disparition et encore moins son retour sans amertume... L'incompatibilité sanguine... L'absence de frères et sœurs... Louise en était désormais certaine : la vérité était là, devant elle.

Elle avait ressenti une violente souffrance pour ses parents. Puis l'obsession de rencontrer son père biologique l'avait saisie. Une pulsion contre laquelle il n'y avait rien à faire. Elle ne savait pas ce qu'elle cherchait. C'était juste un besoin viscéral. Elle voulait le voir et ensuite, elle en était convaincue, elle partirait sans se retourner.

Elle s'était rendue à Nanterre, à la cour des miracles, on lui avait montré le Colombien et elle l'avait suivi jusqu'à la rue de Montigny. Il l'avait alors repérée ; elle s'était d'abord figée puis s'était mise à hurler :

« Paolo Alvez, tu as violé ma mère !

— Je ne m'en souviens pas, mais toi tu vas te souvenir de m'avoir suivi, petite pute ! »

Il s'était avancé vers elle en la menaçant. Elle l'avait repoussé de toutes ses forces. Surpris et déséquilibré, il était tombé à la renverse, sa tête heurtant le trottoir. Il ne bougeait plus.

Charlotte, hébétée, continuait de fixer Louise, qui se taisait enfin. Les larmes troublaient silencieusement leurs regards. Marc se rapprocha d'elles, les prit dans ses bras. Il ne put s'empêcher d'interroger une dernière fois sa fille. Pour vraiment tout savoir.

« Loulou, pourquoi es-tu venue à l'audience le dernier jour ?

— Je voulais me dénoncer. Je ne pouvais pas te laisser condamner à ma place. Alors je suis passée chez François, la veille. Il se doutait bien que tu n'étais pas coupable, il pensait que tu protégeais quelqu'un. Il a même cru que c'était maman.

— Maman ?

— Oui, il pensait qu'elle avait absolument voulu retrouver son violeur. Il a été abasourdi d'apprendre que c'était moi. Puis il m'a expliqué que cela ne ferait de bien à personne que je me dénonce. Et certainement pas à toi. Il a ajouté que tu avais sûrement besoin de faire ça pour moi : un geste d'amour immense, le sacrifice d'un vrai père pour sa fille.

— Ah ! Je comprends enfin ces quelques mots qu'il m'a dits après sa plaidoirie.

— Mais j'avais décidé de me dénoncer malgré tout si tu étais condamné à faire ne serait-ce qu'un seul jour de prison de plus. Je t'aime tellement, papa. Je vous aime tellement, tous les deux.

— C'est fini maintenant, les filles, c'est fini tout ça ! »

Le lendemain matin, au petit déjeuner, Marc proposa un programme chargé : la découverte de Cap Skirring et quelques courses chez Véro ; un déjeuner au Régal puis une visite à la maternité pour embrasser Yaya ; enfin, un bain dans l'océan à la magnifique baie de Boucotte.

Les jours suivants, ce furent la Pointe-du-Bout en vélo, la découverte de l'île aux oiseaux, les footings les pieds dans l'océan, le spectacle du retour des pirogues colorées des pêcheurs au soleil couchant... Ces moments incomparables enveloppés par la *teranga* sénégalaise, cette hospitalité nonchalante et spontanée, semblaient peu à peu étouffer les souffrances endurées, panser les blessures encore ouvertes.

Le dernier soir, Marc emmena Charlotte et Louise dîner à La Paillotte, le seul véritable hôtel de Cap Skirring. Niché dans une petite baie luxuriante, surplombant l'océan, l'endroit était idyllique. Devant la terrasse, les troncs effilés des cocotiers semblaient guider le soleil qui s'enfonçait lentement dans les flots. La brise faisait danser leur couronne foliaire et bruisser doucement leurs palmes. L'orchestre jouait des airs surannés. Marc invita Charlotte à danser. Ils étaient les seuls danseurs au milieu des tables.

« On est enfin en paix, Marc, je serais bien restée ici...

— Une semaine de plus ?

— Non, toute la vie !

— C'est drôle, j'y ai pensé aussi. Toi et ta médecine et moi et mon droit, nous serions utiles.

— Utiles à des gens bien dont la bonne humeur permanente me rappelle l'insouciance de mes vingt ans.

— Mais bon, il y a notre fille, ses études, sa vie. Elle a encore besoin de nous.

— Tu as raison. Marc, ce que tu as fait pour Louise, c'est...

— Chut, mon amour, c'est fini tout ça ! »

Louise, le nez collé au hublot, regardait s'éloigner ce bout d'Afrique.

« Au fait, papa, j'ai enfin trouvé la spécialité que je veux faire...

— Ça fait deux ans que tu ne le sais pas et ça te vient d'un seul coup ? Alors, c'est quoi ?

— Je veux devenir médecin obstétricien. Je veux donner la vie. Tu sais, ici, il y a un décès pour cent accouchements. Et les femmes ont en moyenne cinq enfants. Le risque de mourir de complications concerne donc une femme sur vingt ! C'est énorme. C'est injuste. Et quand tu vois la maternité du Cap... C'est un hangar !

Il n'y a même pas de lits, elles sont allongées contre des murs en terre. Le médecin de Ziguinchor ne vient qu'une fois par semaine ! Tu as vu comme Yaya avait peur.

— Il y a de quoi s'angoisser, c'est sûr !

— Si je faisais mon métier ici, je me sentirais utile. Ça me fait vraiment envie. Mais pourquoi tu souris ?

— Pour rien, ma Loulou. Pour rien. *Inch Allah !* »

16

Marc n'avait pas traîné. Dès leur retour du Sénégal, il s'était mis au travail. En trois jours, il avait déjà écrit une vingtaine de pages de son roman. Il faisait ce qu'il avait toujours su faire : jongler avec les mots et les émotions. Les lecteurs seraient ses nouveaux jurés, son imagination son seul client. Il se sentait bien et ne redoutait plus de recevoir sa radiation du barreau. La vie était ailleurs.

Pourtant, ce matin-là, il avait des difficultés à se concentrer. L'appel de l'inspecteur Barnes, deux heures plus tôt, l'avait intrigué : cette soudaine convocation au commissariat l'inquiétait.

« Bonjour, inspecteur.

— Bonjour, monsieur Ludel. Fermez la porte du bureau et installez-vous.

— Inspecteur, je suis un peu surpris de cette convocation. Si vous vouliez prendre de mes nouvelles, il vous suffisait de m'en demander au téléphone.

— Ne plaisantez pas, monsieur Ludel. Je vais être très clair : nous allons demander la révision de votre procès.

— Mais enfin, c'est quoi cette histoire ?

— Vous êtes l'avocat des innocents. Vous auriez pu vous défendre vous-même ! Vous m'avez compris ?

— Non, absolument pas !

— C'est votre fille qui a tué ou, plus exactement, poussé Paolo Alvez.

— Mais vous délirez complètement !

— C'est la vérité. Vous le savez parfaitement. J'ai avec moi la preuve irréfutable : la vidéo de l'entreprise de la rue de Montigny.

— Mais enfin, cette pièce est connue depuis les premiers jours de l'enquête ! En quoi constituerait-elle subitement une preuve nouvelle ?

— Monsieur Ludel, vingt-huit minutes avant le passage de votre voiture, on voit nettement votre fille passer sur le trottoir. Ensuite les choses ont mal tourné et elle vous a appelé. L'opérateur téléphonique me l'a confirmé. »

Marc bascula en avant, se prenant la tête entre les mains sans entendre les quelques mots ajoutés par l'inspecteur Barnes.

« Monsieur Ludel, je viens de vous dire que j'avais découvert ces éléments dès le troisième jour de l'enquête.

— Pardon ?

— Oui, vous avez bien entendu, dès le début de l'enquête.

— Mais alors... Je n'y comprends plus rien. Mon procès ? »

Barnes expliqua la situation. Le commissaire l'avait chargé, le troisième jour de l'enquête, d'aller chercher les bandes-vidéo de l'entreprise de la rue de Montigny. Il les avait visionnées sur place et découvert Louise et Marc. Sur le chemin du retour, le puzzle s'était mis en place : Paolo Alvez le violeur, le comportement de Charlotte, la disparition inexpliquée de Marc, la présence de Louise rue de Montigny… En arrivant au commissariat, il avait décidé de ne montrer que les images du passage de Marc en voiture.

« Mais alors, inspecteur, vous saviez que je m'accuserais ?

— Je l'imaginais. Vous l'idéaliste, l'homme aux grands sentiments. Mais en réalité, je vous ai laissé la main, je vous ai laissé choisir votre destin. Vous auriez pu dire la vérité.

— Inspecteur, je ne sais…

— Vous savez, j'ai une fille, moi aussi. Elle a deux ans de plus que la vôtre. Mais votre choix ne m'a pas simplifié la vie ! »

Barnes expliqua comment, après le placement de la bande au dépôt des scellés, il avait dû agir, puisqu'il n'avait plus le choix. Le procureur demanderait sûrement la pièce, puisqu'elle était citée dans le procès-verbal d'audition, et il découvrirait tout. Barnes l'avait donc fait disparaître : « on » l'avait perdue.

« J'étais tétanisé, à l'audience, lorsque le juge a remarqué l'erreur dans la numérotation des pièces. Heureusement personne, pas même le procureur, ne voulait qu'il soit rendu public qu'une pièce à conviction avait été perdue. L'erreur de numérotation a eu bon dos !

— Inspecteur, je ne sais que dire…

— Alors ne dites rien ! En écoutant la plaidoirie de votre avocat, je me suis dit que ce que j'avais fait était bien, que c'était juste. »

Barnes lança la bande-vidéo à Marc et ajouta :

« Débarrassez-nous de ça ! »

Sur le pont de Bezons, Marc lança la bande-vidéo à l'eau et la vit disparaître dans les flots. Les derniers mots de l'inspecteur résonnaient encore dans sa tête : « Je voulais que vos vies prennent à nouveau le bon chemin, et arrêter là cet infernal enchaînement. »

MIXTE
Papier issu de sources responsables
FSC® C003309
FSC
www.fsc.org

Les papiers utilisés dans cet ouvrage
sont issus de forêts responsablement gérées.

Imprimé en Espagne par Cayfosa
Mis en pages par IGS-CP
à L'Isle-d'Espagnac (16)
Dépôt légal : mai 2016
N° d'édition : 62808
ISBN 978-2-7491-4997-4